知中编委会 编著

WE LOVE BEAUTIFUL POETRY

太喜欢诗歌了！

世界古今诗歌

中信出版集团 | 北京

图书在版编目（CIP）数据

太喜欢诗歌了！. 世界古今诗歌 / 知中编委会编著
. -- 北京 : 中信出版社 , 2021.3（2021.10重印）
ISBN 978-7-5217-2857-6

Ⅰ . ①太… Ⅱ . ①知… Ⅲ . ①诗集 – 世界 Ⅳ .
① I22 ② I12

中国版本图书馆 CIP 数据核字 (2021) 第 034400 号

太喜欢诗歌了！世界古今诗歌

编　　著：知中编委会
出版发行：中信出版集团股份有限公司
　　　　（北京市朝阳区惠新东街甲 4 号富盛大厦 2 座　邮编　100029）
承 印 者：天津海顺印业包装有限公司

开　　本：787mm × 1092mm　1/16　　印　　张：7.75　　字　　数：248千字
版　　次：2021年3月第1版　　印　　次：2021年10月第2次印刷
书　　号：ISBN 978-7-5217-2857-6
定　　价：52.00 元

目录

太喜欢诗歌了！世界古今诗歌

图书策划
知中 ZHICHINA
红披风

出版人
苏静

艺术指导
强尼

内容监制
叶扬斌 / 曲群（实习）

策划编辑
叶扬斌 / 陈瑜

责任编辑
郝兰

文字编辑
马敏娟

营销编辑
王沛 / 金慧霖 / 陆琮
徐昇声 / 张旖旎

撰稿人
王诗婷

插画师
周晓斐

联系我们 zhichina@foxmail.com

出版发行
中信出版集团股份有限公司，
北京市朝阳区惠新东街甲 4 号，
富盛大厦 2 座，100029

微博账号
@ 知中 ZHICHINA

微信账号
ZHICHINA2017

世界古今诗歌
总览

西方诗歌简介

1 欧洲

欧洲诗歌的历史可以追溯到遥远的古希腊，从盲诗人荷马的叙事长诗《荷马史诗》、抒情诗人萨福优美的小诗开始，这片土地上便一直回荡着诗歌的韵律。学者们认为，几千年来，欧洲的文化发展具有整体性，不同国家、不同诗歌流派的许多诗人，共同构筑起欧洲的诗歌园地。我们一起沿着时间的长河，看看西方的诗歌经历了怎样的发展吧。

2 美国

虽然美国诗歌发展的时间并不算长，但其间涌现出了许多伟大的诗人，比如被誉为“美国诗歌之父”的惠特曼与意象派的重要诗人庞德，他们用诗句传达着对自由与公正的向往。美国诗歌经常关注战争、种族问题与社会事件，比如美国诗人兰斯顿·休斯就曾用有力的诗句唤起黑人们对平等的向往。

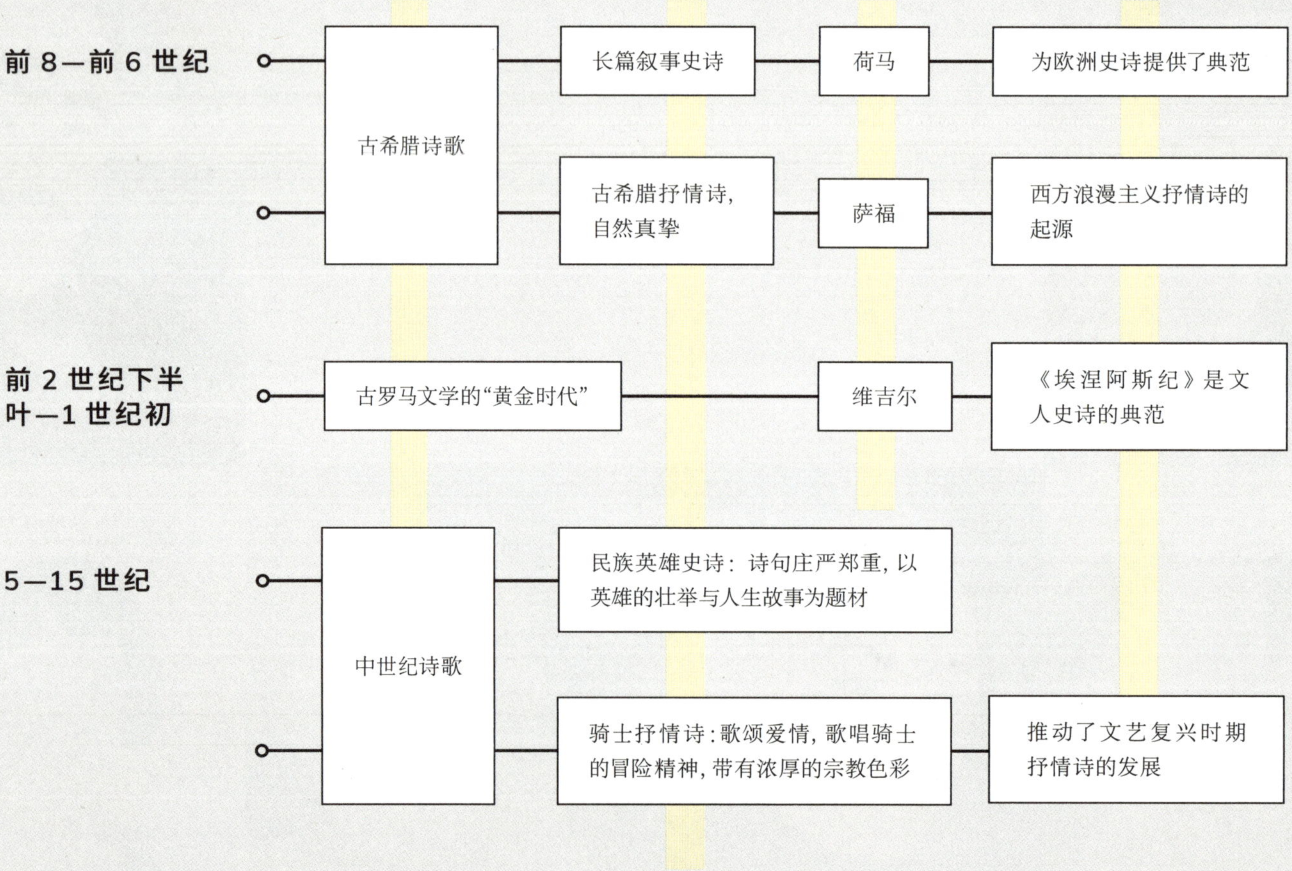

3 拉丁美洲

从 15 世纪到 18 世纪，西班牙等欧洲国家曾在拉丁美洲进行残酷的殖民掠夺。19 世纪初期，各个殖民地开始为了独立而进行英勇的战斗。因此，殖民主义与独立斗争极大地影响了拉丁美洲文学的发展，战争与革命也就成为拉美诗歌的常见题材。

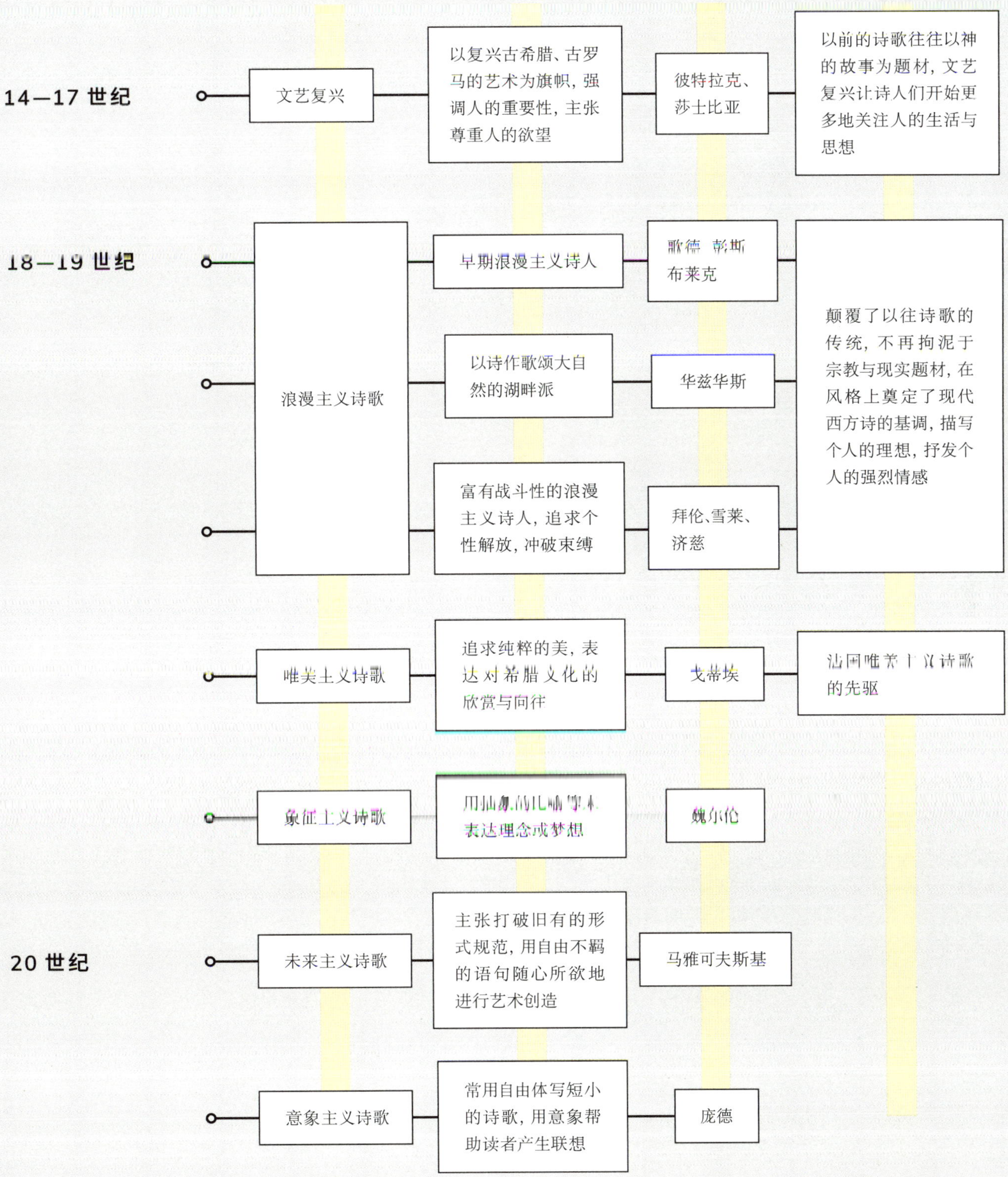

东方诗歌简介

学者们认为，不同于西方世界文化发展的整体性，东方各国由于地理位置上的分散，有着自己很明显的文化特质，诗歌的发展也呈现出不同的风貌。下面就让我们进入丰富多彩的东方诗歌中探寻一番吧！

1 西亚

西亚地区有阿拉伯与波斯的诗歌流传。

阿拉伯人主要生活在沙漠地区，他们的性格多豪放不羁、英勇好斗，他们的诗歌即兴性强、粗犷、自然。阿拉伯古典诗歌的历史主要由蒙昧时期、倭马亚王朝时期（661—750）与阿拔斯王朝时期（750—1258）构成，其间涌现了许多了不起的诗人，比如“咏酒诗人”塔拉法和“诗人中的哲学家”麦阿里。阿拉伯现代诗歌的发展也同样多姿多彩，被称为阿拉伯“诗王”的埃及人邵基将承启派发展壮大，将诗歌与戏剧相融合；黎巴嫩的纪伯伦仿佛一场来自东方的风暴，用哲思征服了世界各地的读者。

而波斯曾被伟大的文学家歌德称为“诗国”，有非常多的优秀诗人，比如“波斯诗歌之父”鲁达基和把“鲁拜”发展成熟的海亚姆。

2 南亚

南亚古典诗歌中，最著名的是印度长篇史诗《摩诃婆罗多》与《罗摩衍那》，它们是印度教的经典，《摩诃婆罗多》还被认为是世界上最长的诗歌。宗教极大地影响了南亚诗人的创作，佛教、印度教与伊斯兰教的故事都常被写进诗里。

说到南亚，第一位获得诺贝尔文学奖的亚洲人泰戈尔便出生在此，他写了许多诗歌来反映印度人所受到的压迫，以及人们改变悲惨命运的愿望。还有被称为“印度夜莺”的奈都，她的诗反对种姓隔离制度，推动了印度社会改革，细腻而富有力量。

3 东亚

我们中国便属于东亚，在古代，中国的文化在东亚地区广泛流传，日本与朝鲜的文学便受到中国文学的极大影响，许多诗人曾以汉语写汉诗，但他们也有自己本民族的独特诗歌体裁。

日本的和歌与俳句短小、凝练，春日藏首老与纪贯之的和歌、小林一茶的俳句，可以让我们深入体会日本诗歌之美。

朝鲜也有自己独特的诗歌体裁，被称为“时调”，也就是能被唱出来的三行诗，朝鲜王朝的尹善道就是有名的时调大家。

4 东南亚

东南亚受到中国文化的影响，曾出现过许多用汉语写成的诗歌。在缅甸、泰国、柬埔寨与老挝，诗歌常以佛教文化作为题材。

萨福：我是“第十位文艺女神”

◇◇

萨福（约前 7—前 6 世纪）

古希腊女诗人。她被认为是古希腊时代女性的代言人，写过许多首抒情诗，包括颂歌、挽歌和讽刺诗等，但在中古时代，基督教会认为她的作品有伤风化，所以将她的诗集都销毁了，如今我们能读到的只剩下两首诗歌和一些残章断句。萨福经常在诗歌中歌颂自然与亲情，表达女性内心的真挚情感，语言比较简洁，还经常在诗中使用当地的口语，对后世的欧洲诗歌产生了很大影响。有学者认为她是西方浪漫主义抒情诗歌的开山鼻祖，大哲学家柏拉图称她为“第十位文艺女神”。

◇◇

诗人故事

我是萨福，在我们古希腊，萨福可是一个非常美丽的名字，意思是“蓝宝石”。我的父亲是当地有名的贵族，给我起这样“富贵”的名字也就不足为怪了。在莱斯沃斯岛上，大家还是比较赞同妇女们学习写诗的，而且文化氛围很好，诗人们有不少相互交流的机会。在这样的环境里，我十七岁写下了自己的第一首诗，还和有名的希腊大诗人阿尔凯奥斯相互唱和过呢。

不过，虽然岛上的风气已经相对自由开放，但我还是没能逃脱贵族联姻的命运。在父亲的安排下，我嫁给了一个门当户对的男子，过了几年的婚姻生活。后来，我的父亲和哥哥受到政治迫害，全家都受了牵连，我被放逐到了一个叫西西里岛的地方，与丈夫也失去了联络。被放逐的这段时间里，我思考了一些很深刻的问题，尤其是反思了自己过去几年的生活。贵族联姻产生的夫妻虽然会比以前更富裕、更有面子，但与一个自己并不喜爱的人朝夕相处，或许并不是婚姻的意义所在。我是个很爱写诗的人，但翻看过去写的作品时，我发现自己竟然没有写过什么关于丈夫的诗，也没有描述过婚姻生活的快乐。我意识到，也许比起金钱和面子，发自内心的爱才是最重要的。

后来，我回到了家乡莱斯沃斯岛，开办了一所女子学院。关于这所学院，人们有着许多种说法，有人说我是借着学院的名义在搞宗教团体，也有人说它是专为有钱的女子开办的贵族沙龙。在我眼里，其实并没有那么复杂，就是一群喜欢读诗歌、听音乐的女孩子们住在一起，构成了一个大家庭；而我就是家里的大家长，带着大家一起学习、玩耍。我写了不少歌颂神话中的女神的颂歌，写完就教那些女孩子们唱，也教她们弹琴、跳舞。我对每个女孩子都很了解，为她们写了许多赞美诗。

除了赞美诗和颂歌以外，我还写了不少赠别诗。在古希腊，女子结婚以后必须和丈夫的家人一起生活。当那些女孩的家人为她们选择好丈夫，催促她们回去结婚的时候，也就是那些女孩离开学院的时刻了。我深深地爱着每个单纯可爱的少女，因此无论谁离开，我都十分痛苦，写下了不少诗歌送给她们，作为最后的礼物。

黄昏星

黄昏星啊，你把灿烂的曙光女神
所散布四方的，全都收回家去，
叫绵羊归栏，叫山羊归厩，
把孩子送回到母亲怀里。

·飞白 译

知识卡片 想到什么，就写什么

读了萨福的这首诗，你可能会觉得有点摸不着头脑，心想：哎呀，不就是这么短短的一首诗嘛，为什么那些学者把它捧得那么高，仿佛什么跨世纪杰作似的？但是，如果我们回到公元前七至前六世纪的背景来看，会发现它的确是挺特别——古希腊诗歌往往是史诗或神话诗，要么是在歌颂某个伟大的天神、美丽的女神，要么就是在诉说一场声势浩大的战争。但是，萨福开创了一种新的写法，她不再拘泥于传统的题材，而是在诗歌中直白地表达出自己内心所想的事物，带有强烈的个人意识，也就是说，很注重她自己的主观感受。比如，她在《黄昏星》中写的就是自己看到晚霞时内心的想象与延伸，并没有对历史和神话的参考。这样的写法在她以前几乎没有在西方诗歌里出现过，所以学者说萨福开创了西方浪漫主义诗歌的先河，是有一定道理的。

但丁：我是"意大利语之父"

◇◇◇◇◇◇◇◇◇◇◇◇◇◇◇◇◇◇◇◇◇

但丁（1265—1321）

意大利中世纪时期的诗人、政治家。他的作品中有着人文思想的萌芽，主张摆脱教会对人们思想的束缚，因此他被认为是中世纪向文艺复兴过渡时期最重要的人物之一，与彼特拉克和薄伽丘并称为佛罗伦萨文坛"三杰"。他最重要的代表作是长诗《神曲》，分为《地狱》《炼狱》《天堂》三部分，共有一万四千多行。《神曲》反映了中世纪后期意大利的社会生活，表达了人们反封建的情绪。那时的欧洲，人们主要使用的书面文字是拉丁文，而这篇长诗对现代意大利语的形成产生了很大影响，但丁因此被誉为"意大利语之父"。

◇◇◇◇◇◇◇◇◇◇◇◇◇◇◇◇◇◇◇◇◇

诗人故事

我是但丁，生活在中世纪的意大利，那时意大利还不能算一个完整的国家，而是分裂的许多个城市，我的家乡佛罗伦萨是其中最大的一个手工业城市。我父亲在城里算是一个小贵族，所以我小时候可以去学校里念书，学会了拉丁文，能够自由地阅读经典书籍。你们现在最重要的几门课，应该是语文、数学和英语，但在我们那时候，最重要的课是修辞与演说——因为如果一个人想担任重要的职务，就必须要写出让大家信服的文章，还要当众做许多次公开演讲。我对政治很感兴趣，所以从年少时就开始认真学习演说与写作。

除了这些从政的技能，我还接触到了许多大诗人的作品。十八岁的时候，我开始自己写诗，并且认识了佛罗伦萨的其他文艺青年，我们经常在一起举办沙龙。在这段时间里，我出版了自己的第一部抒情诗集——《新生》。我将它献给了自己心爱的女子，她名叫贝雅特丽齐，我对她一见钟情，但也许是羞涩的缘故吧，我只是将对她的爱慕深深地藏在心里，从来没有表达。她最终与另一名男子结婚，而且在很年轻的时候就死去了。每次在诗歌里写到关于爱与美的词句，我便会想起她，后来我还把她写进了我的《神曲》里。《神曲》对我来说是很重要的一篇长诗，它一共有《地狱》《炼狱》《天堂》三部分，我假设自己漫游这三个地方，与各种名人交谈，最终在贝雅特丽齐的指引下见到上帝。"地狱"原本指的是人死后灵魂受苦的地方，在创作《神曲》时，我有意把它写成意大利社会的缩影，因为在佛罗伦萨，商人们为了利益彼此欺骗，统治者为了物质上的享受压榨百姓，教士们以信仰为名把钱袋装得鼓鼓囊囊……这样的人间，与地狱又有什么不同！

而且，我还有意融入了不少古典文化的元素，许多诗人和画家都喜欢这样做。在当时，人们想要追求生活的乐趣，这原本是很自然的事情，但却一直受到天主教会的压抑。于是，我们便以复兴古典文化作为旗帜，在作品里表达要重视人性、重视现世享受的主张。这场思想文化运动，就是你们现在所说的"文艺复兴"啦。

每个钟情的灵魂

每个钟情的灵魂啊，每颗温柔的心，
　我把这些诗句呈献在他们面前，
　我期望他们答和我心灵的呼唤，
我把敬意献给他们的主人——爱神。

当群星辉映的夜之良辰
　将近三分之一已经过完，
　爱神出其不意地向我显现，
他的神态呀，回忆起来都动魄惊心。

爱神拿着我的心，似乎满怀欣慰，
而在他臂弯里抱着我的恋人，
她裹着一幅锦缎，犹在熟睡。

爱神把她唤醒，她驯服而谦卑，
战战兢兢地吞下了这颗燃烧的心；
然后他去了，我见他去时满含着泪。

·飞白 译

知识卡片　“温柔的新体”诗如何描写爱情？

研究西方文学史的学者们认为，这首诗属于“温柔的新体”诗这一派，那是十三世纪末到十四世纪初之间产生的一种流派，但丁青年时创作的许多作品都可以归进其中。这类诗大多以青年之间的爱情为主题，或者是抒发诗人对爱情的强烈渴望。温柔的新体派的诗人们经常写诗来歌颂自己心爱的异性，赞美对方的容貌或者性格，但是与传统的抒情诗又有些不同——传统的抒情诗中往往有着强烈的骑士主义情绪，也就是“发誓自己会永远忠于某位女子”“承诺要保护情人一生一世”这样的内容。而温柔的新体诗更多从诗人自己的情感体验出发，用细腻、真诚的笔调来诉说自己的爱意。比如在这首诗中，但丁描述自己心爱的女子“她裹着一幅锦缎，犹在熟睡”，这是非常细致具体的写法。

彼特拉克：我是文艺复兴的先驱诗人

◇◇◇◇◇◇◇◇◇◇◇◇◇◇◇◇◇◇◇◇

彼特拉克（1304—1374）

意大利文艺复兴时期的诗人。他首先提出了“人学”与“神学”的对立，积极地宣扬人文主义思想，反对教会对人们的束缚，创作了许多批判教会的诗歌，被认为是欧洲文艺复兴运动最重要的先驱之一。文艺复兴运动的宗旨就是减少宗教对人们的束缚。但他自己有时也无法摆脱宗教带给他的影响，因此思想中不时出现矛盾的地方，这与当时许多左右摇摆的思想家很像。他经常在诗中抒发对爱情的颂扬以及国家统一的愿望，代表作有《没有收信人的信》《我的秘密》等，于1341年获得“桂冠诗人”的称号。

◇◇◇◇◇◇◇◇◇◇◇◇◇◇◇◇◇◇◇◇

诗人故事

你好啊小读者，我叫彼特拉克，生活在十四世纪的佛罗伦萨。我家是名门望族，父亲是一名法官，很有名气，但他因为政治立场而受到迫害，被流放去了小城阿雷佐，后来又逃亡去了法国。我的童年，就是在颠沛流离中度过的。

过了几年，我家搬去了法国的普罗旺斯，那是个宗教氛围很浓厚的地方，教皇像天神一样，地位高得无与伦比，教条管教着人们生活的方方面面。在那里，我对宗教精神有了比较深的了解，也接触到了不少古罗马诗人的作品，被那些优美庄严的文字深深折服。这在我心里埋下了诗歌的种子，选择自己未来的道路时，我首先想到的就是进修古典文学，以后做个诗人。但是，父亲却希望我继承他的事业，我不愿让他失望，于是去学校里进修了法律。

但是，天天学习自己不喜欢的科目，我怎么都高兴不起来。在我年轻的心里，法条是那么枯燥无味，而诗歌则像一块闪闪发光的金子，时刻吸引着我去探寻。后来，我还是放弃了法律，转而研究文学与宗教，最终成为一名神甫，也写了不少诗歌。那时候，宗教与爱情是人们最爱写的题材，但是我觉得，以前那些诗人写的爱情诗好像都差了点儿什么。他们总爱歌颂爱情的甜美，赞美爱人的美貌，要不就是把自己夸成天底下最勇敢的骑士，要为公主去摘星星摘月亮。可是为什么没有诗把爱情带给人的酸涩与那甜蜜相结合呢？在这方面，我的体会实在是很深呀。二十三岁时，我无意中走进了一座教堂，一眼就看见了一位美丽温柔的女子。与她四目相对的那一刻，我才明白世上真有一见钟情的爱情。她是那样的美啊，我写了这么多的诗，却没有一首能真正将我的爱表达尽兴。但是，我的爱情仿佛注定辛酸远多过甜蜜——她早已嫁给了一名骑士，绝不可能再与我交往。我没有别的办法，只能将爱意藏在心底，每天默默地思念她。后来，一场瘟疫暴发，她不幸染上了病，痛苦地去世了。人们总说是我首创了苦涩与甜蜜交织的情诗，我只能报以苦笑，谁又能明白我心中的悲伤呢！

如果命中注定

如果命中注定我俩不能结合，
　我的生命仍将依恋在你身边，
　直到夕阳垂暮、天色向晚，
当你的眼睛已失去光泽；

垂覆额际的发丝也已褪色，
　从金光灿灿变成银光闪闪，
　而现在装饰它们的花冠
经过漫长的岁月也早已失落；

那时我才敢对你耳边低语，
吐露长久以前囚禁的情意，
说明爱的生命超越坍圮的年岁，

它已没有别的祈求和赠与，
只求一声融解得太晚的叹息，——
对破碎的心请别拒绝这点恩惠。

·飞白 译

知识卡片 刚好十四行！

这是一首标准的十四行诗，从上到下，刚好是4-4-3-3的格式，每四行或三行形成一个小段落，一共是十四行。说到十四行诗，我们第一个想到的大概就是英国的莎士比亚了，他用这种诗体写了许多有名的作品，以至于很多人以为十四行诗的创始者就是莎翁。但要是说到十四行诗这种诗体真正的奠基人，就不得不提彼特拉克了。十四行诗作为一种诗体，最初在意大利被“发明”出来，它不仅对行数有要求，在韵脚方面也有一定限制，比如第一行和第四行要押韵，第二行和第三行要押韵，等等。在意大利，彼特拉克是最早确定并频繁使用这种诗体的诗人，因此当时十四行诗也被称为“彼特拉克体”。后来这种诗体传入了英国，莎士比亚对它进行了一些改良，十四行诗才逐渐演变成了我们如今所看到的样子。

莎士比亚：戏剧大师莎翁就是我

◇◇◇◇◇◇◇◇◇◇◇◇◇◇◇◇◇◇◇◇

莎士比亚（1564—1616）

英国戏剧家、诗人，他促进了英文十四行诗的成熟，被誉为英国文学史上最杰出的戏剧家。他一生共创作了三十七部戏剧与许多首诗歌，他的作品情节生动、语言精美，刻画出的人物形象十分立体，表现出了人性的复杂。而且，他运用语言的技巧也很高超，许多名言警句都出自他的戏剧。许多学者都认为，莎士比亚是欧洲文艺复兴运动的重要推动者，促进了欧洲思想的解放。他创作的戏剧被翻译成许多种语言，在全球各个国家上演，享有盛誉。他的代表作有《罗密欧与朱丽叶》《哈姆雷特》《李尔王》《麦克白》等等。

◇◇◇◇◇◇◇◇◇◇◇◇◇◇◇◇◇◇◇◇

诗人故事

亲爱的小读者，你喜欢看戏剧吗？如果喜欢，那十有八九听过我名字——人们嘴里常说的“莎翁”，就是我——威廉·莎士比亚。

我家里条件不错，所以小时候便去了一所文法学校念书。你也许不太明白文法学校是什么，它是英国特有的一种学校，主要教授的是拉丁文、诗歌、历史和戏剧，一般贵族与富人的孩子都会去读，因为不少体面的职业是要了解这些科目才能从事的，而且在那时，会说拉丁语也是有教养的标志。但是，我的校园生活并没有持续多久，在我十三四岁的时候，父亲的经济状况一落千丈，我只能退学，回家帮父亲的忙。此后，我就再也没有进学校念过书。

帮父亲做了几年生意以后，我与一个名叫安妮的女孩结婚了，离开父母，开始独立生活。正是在那几年里，我开启了自己的戏剧生涯，一边在剧院里当演员，一边自己写剧本。渐渐地，在好几个流行剧本里，都出现了模仿我写的台词的句子，还有作家在自己的回忆录里表达过对我的看法，这至少能说明我还是有些名气的嘛。

除了戏剧以外，我也写了很多十四行诗，最初写的几首都被我献给了伯爵——在那时，诗人们向贵族献上诗歌来换取保护。伯爵对我的恭维还挺满意，给了我一大笔钱，还把我介绍给了其他爵士，从此我开始与上流社会有了交集。如果你去读我的诗集，能找出不少我为贵族写的诗呢。

虽然靠爵士们的资助，我已经可以衣食无忧、安心写作了，但我一点也不想浪费自己的商业头脑。我想到自己年轻时既做过演员又做过编剧，连场务的活都干过不少，对剧团了如指掌，就干脆自己筹办了一个剧团四处巡演，后来还建了一座自己的剧院。有些人会觉得，看戏剧是一种很小资的娱乐，我很反对这种看法，所以写的时候就经常问自己，这句话是只有贵族会觉得有趣呢，还是大家听了都会开怀大笑。每次自己的剧目上映，我都会悄悄观察观众们的反应，他们享受其中，便是我最开心的事情了。

十四行诗第十八首

我能否把你比作夏季的一天？
你可是更加可爱，更加温婉；
狂风会吹落五月的娇花嫩瓣，
夏季出租的日期又未免太短。
有时候苍天的巨眼照得太灼热，
他金光闪耀的圣颜也会被遮暗；
每一样美呀，总会失去美而凋落，
被时机或者自然的代谢所摧残；
但是你永久的夏天决不会凋枯，
你永远不会丧失你美的形象；
死神夸不着你在他影子里踯躅，
你将在不朽的诗中与时间同长；
　　只要人类在呼吸，眼睛看得见，
　　我这诗就活着，使你的生命绵延。

·屠岸 译

知识卡片 从“彼特拉克体”到“莎士比亚体”

这首诗是莎士比亚写给情人的，属于标准的英国十四行诗。在介绍意大利诗人彼特拉克的时候我们说过，十四行诗最初的格式与押韵规则便是他确立下来的。后来这种诗体传入了英国，莎士比亚便是其最重要的改造者与使用者之一，所以这种英式十四行诗也被称为“莎士比亚体”。其中，最后两句可以说是最重要的部分，因为它们要用精练的语言概括出前面三段的核心，起到“合题”的作用，也就是说人们哪怕只读最后两句，也能差不多明白这首诗在讲什么。莎士比亚是写结尾句子的高手，他不仅每次都能让最后两句彼此押韵，还能让它们精练又优美，仿佛是古希腊哲学家留下的名言警句似的。

多恩：我是英国玄学派诗歌的代表

◇◇◇◇◇◇◇◇◇◇◇◇◇◇◇◇◇◇◇◇◇

多恩（1572—1631）

英国诗人、教士。他是英国玄学派诗歌的代表人物，这个流派出现于十七世纪，特点是喜欢用哲学辩论或者讲道理的方式来写诗，会使用一些比较古怪的词语或者比喻，而且不刻意押韵。多恩经常在诗里把几个风马牛不相及的意象组合在一起，巧妙地点出它们相似的地方，带给读者一种惊喜的感觉。多恩年轻时是一名虔诚的天主教徒，后来改信英国国教，创作了不少和宗教有关的诗歌，他留下的代表作有《神圣的十四行诗》等。

◇◇◇◇◇◇◇◇◇◇◇◇◇◇◇◇◇◇◇◇◇

诗人故事

我叫约翰·多恩，用你们的话来说，我大概也能算得上是个学霸——年纪轻轻就考上了牛津大学，后来又在剑桥大学读博士。不过，我其实连一张大学毕业证都没有，因为在当时，学生毕业时需要进行一种特殊的宣誓，而我有自己的宗教信仰，不愿意按照学校的要求去做，所以没有拿到大学的毕业证。你也许会觉得，我是个超级固执的死脑筋吧。

我父亲是位有钱的五金商人，母亲是贵族大小姐，外祖父是位作家，还和大名鼎鼎的托马斯·莫尔爵士有着血缘关系。在家庭的保护下，我的青年时代还是比较顺风顺水的，除了念书便是写诗，或是参加些和天主教有关的活动。后来，我哥哥因病去世了，我继承了一笔丰厚的家产，手里一下子宽裕起来，可那笔钱很快被我挥霍光了。唉，要是我那时候能懂得细水长流地花钱该有多好啊！

不过，好在我的学历不错，在朋友的帮助下，我很顺利地找到了工作，后来甚至当上了国会议员，这在英国可是非常了不起的职位。正是在这时，我认识了只有十七岁的安妮，并且深深爱上了她。随后，我做出了一个让自己悔恨无比的决定，那就是带着安妮私奔，瞒着她的父母悄悄结了婚。这直接断送了我的前途，因为她父亲是位贵族爵士，得知女儿与我私奔后恨不得把我撕成碎片，我的议员生涯自然是到头了。

接下来的许多年里，我与安妮过着非常困难的日子。为了维持生计，我只能做做法律方面的杂活儿，挣点微薄的薪水。说实话，我从小就是个比较骄傲的人，因为家境不错，自己脑瓜也聪明，念书时考进了最有名的大学，工作时官职也很高。但是看看现在的自己，一切仿佛都化为了泡影。我只能拿起纸笔写些小诗，来排解心里的苦闷。后来，安妮的父亲原谅了我们，家里渐渐又宽裕了起来，我也接受了教会的邀请，成为一名牧师。我每天向人们传教之余，也会写一些和宗教相关的诗歌，抒发自己对信仰的理解。写写诗、与家人快乐地生活在一起，这样的日子倒也挺不错的。

早安

我真不明白：你我相爱之前
在干什么？莫非我们还没断奶，
只知吮吸田园之乐像孩子一般？
或是在七个睡眠者的洞中打鼾
确实如此；但一切欢乐都是虚拟，
如果我见过，追求并获得过美，
那全都是——且仅仅是——梦中的你。

现在向我们苏醒的灵魂道声早安，
两个灵魂互相信赖，毋须警戒；
因为爱控制了对其他景色的爱，
把小小房间点化成大千世界。
让航海发现家向新世界远游，
让无数世界的舆图把别人引诱，
我们却自成世界，又互相拥有。

我映在你眼里，你映在我眼里，
两张脸上现出真诚坦荡的心地。
哪儿能找到两个更好的半球啊，
没有严酷的北，没有下沉的西
凡是死亡，都属调和失当所致，
如果我俩的爱合二为一，或是
爱得如此一致，那就谁也不会死。

·飞白 译

知识卡片

这样生活化的词，也可以直接写在诗里

你读这首诗的时候，有没有这样一种感觉：多恩的诗好像并不像个十七世纪的教士写的，因为那时候的宗教诗总爱用些很严肃的词，诗句里也常常引用宗教典故，就像“某某圣徒指引我走向某处光明的圣地”这样。而在多恩的诗里，你会发现不少很生活化的词，比如“断奶”“打鼾”“小小房间”等，甚至还有“那就谁也不会死”这样直白的句子。这种写法在当时可以算得上是大胆的创新，让抒情诗里有了更多生活的味道。在第一段里，多恩还是化用了一个关于“七个睡眠者”的典故。据说在一个叫埃弗索斯的地方有七个青年，他们为了躲避罗马皇帝狄希乌斯的迫害，一起藏进了一座山洞里。由于喝了带有魔力的酒，他们昏昏沉沉地睡着了，醒来以后，发现竟已过去了一百多年。有学者认为，多恩在这里用睡眠者来代指被天主教教义长久束缚着的人们。

歌德：文学与科学我都爱

◇◇◇◇◇◇◇◇◇◇◇◇◇◇◇◇◇◇◇◇◇◇◇◇◇

歌德（1749—1832）

德国诗人、戏剧家、思想家，在德国乃至欧洲都有很高的威望，被认为是最伟大的德国作家之一。他参与了对德国文学产生重大影响的“狂飙突进运动”，主张绝对理性与个性的解放。让人有点意想不到的是，歌德不仅在文学方面有惊人的成就，在科学方面也取得过不少成果，其中比较出名的一项是在生物学方面：他发现了人类颅骨旁边颚间骨的存在！歌德的代表作有《少年维特之烦恼》《罗马哀歌》等等，而其中最著名的要数长达一万两千多行的诗剧《浮士德》了，它对欧洲文学的发展产生了很大影响。

◇◇◇◇◇◇◇◇◇◇◇◇◇◇◇◇◇◇◇◇◇◇◇◇◇

诗人故事

你妈妈会为你讲睡前故事吗？我的写作生涯，就是从听妈妈讲睡前故事起步的。她非常喜欢读书，所以也很注重培养我对文字的“感觉”。那时候，富裕的市民阶级都会给孩子请家庭老师，父亲也给我请了一位。在老师的引导下，我读了不少经典诗歌，你如果去读我年轻时写的文章，能找到不少经典名著的影子呢，比如古希腊诗人荷马在两千多年前写的《荷马史诗》，当然啦，它产生的影响可不仅仅体现在我身上，可以说对整个欧洲文学都有很深的影响。我的爱好实在太多了，我研究过地质的构成，研究过颜色与光线的规律，甚至还画过许多幅油画，你现在去德国的美术馆，说不定还能看到一两幅呢。

不过，你们今天认识我，多半还是因为我写的诗歌吧，那就不得不提我最心爱的一部作品《浮士德》了，它是我在德国民间传说的影响下创作出来的。书里面的浮士德一生都在努力地汲取知识，想成为天底下最博学的人，但是读了大半辈子书，结果发现读书无用，因此感觉很沮丧。这时候，一个魔鬼跟他说，能够帮他实现愿望……二十几岁的时候我就开始动笔写《浮士德》了，后来，我每经历一些事情，每获得一点感想，都会想把它们加入到这部诗剧中去，于是我写啊写，从几百行写到了几千行、一万行，写了六十多年都还停不下来。这本书的上下两部都印刷出来时，厚得让我都吓了一大跳。

年纪大一点后，我的身体就不太好了，有时坐着写作的时间太长，会觉得浑身都疼。好在我的朋友，也是诗人的席勒时不时会来帮帮我的忙，他比我年轻十岁，但我们在艺术上的观点却很相投，经常交流彼此的新作。我想，创作本来也不该是一件孤独的事情，也许在我们与朋友谈话说笑的时候，灵感女神就会悄悄降临呢。

漫游者的夜歌

一切峰顶的上空
静寂，
一切的树梢中
你几乎觉察不到
一些声气；
鸟儿们静默在林里。
且等候，你也快要
去休息。

·冯至 译

知识卡片

写在小木屋墙壁上的诗

这首《漫游者的夜歌》被认为是歌德的绝唱，也就是体现他最高创作水平的一首诗。歌德第一次写下这首诗是在1780年，也就是他三十一岁的时候。那天他登上了一座名叫吉克尔汉的山，爬到山顶时天已经黑了，不方便下山，他便在一间小木屋里住下。在小木屋的墙壁上，歌德写下了这首名叫《漫游者的夜歌》的小诗。三十多年后，他又一次登上了这座山，住进了熟悉的小木屋。他用笔把自己以前写在墙壁上的诗又描画了一遍，加深了笔迹。而歌德最后一次来到这间木屋，是1831年，他再次读了这首自己年轻时写下的诗后，便含泪离开了这个地方——那时，歌德已经八十二岁了，健康状况非常差，他心里也许知道，自己余下的日子并不多了。后来，这座小木屋因为一场火灾而被烧毁，人们将它重新建起，又在原先题着字的地方再次刻上了这首诗，来表达对歌德的怀念。

布莱克：除了写诗，我还会刻版画

◇◇◇◇◇◇◇◇◇◇◇◇◇◇◇◇◇◇◇◇◇◇◇◇◇

布莱克（1757—1827）

英国诗人、画家。他的诗作摆脱了西方古典主义风格的束缚，注重对自己直觉与主观想象的表达，除了描写事物的本来面貌，也抒发事物带给他的想法与感受。他是一名虔诚的基督徒，写过不少赞美上帝的诗。除了诗歌以外，布莱克的版画才能也极为出众，有大量画作传世。令人感到可惜的是，布莱克在生前并没有得到人们的理解与名流的赏识，直到他死后，人们整理并出版了他的作品，评论家们才逐渐重新发现了这位伟大的天才。他主要的代表作有《天真之歌》和《经验之歌》，对英国文学的发展产生了一定影响。

◇◇◇◇◇◇◇◇◇◇◇◇◇◇◇◇◇◇◇◇◇◇◇◇◇

诗人故事

我叫威廉·布莱克，生活在十八至十九世纪的英国。今天能和你们认识，是我写的那几首诗歌的功劳，但在我自己看来，我不过是个版画匠罢了——不要说我自己了，哪怕你去问我的朋友、我的老师，他们也会这么说。想想也是，谁会相信我这么一个人能写出诗呢？由于家境贫寒，我小时候没有在学校里念过书，十四岁就离开了家，做雕版学徒来养活自己。在那时候，要想印刷一本书可不是件容易的事情，需要雕版工在铜板上刻出相应的字，再涂上一层特制的墨水才能印刷。铜板又厚又硬，刻起来很不容易，我学的时候吃了不少苦头呢。

不过令人意想不到的是，当雕版学徒的经历后来帮了我的大忙。手艺学成以后，我先是当了一段时间的雕版工，攒下了一笔属于自己的钱，去英国皇家艺术学院学绘画。几年以后，我学成归来，开始以画家的身份工作生活。我的绝大部分作品都是版画，在雕版方面我有童子功，所以刻出来的作品很是精美，受到了不少人的欢迎。我做出一幅画后，往往没过几天就能卖出去，甚至有些贵族特别喜欢我的作品，专门给我一大笔钱来支持我的艺术事业。

这样的日子还挺不错，我白天的多数时间都花在画画上，到了晚上便写上几首小诗，配在画的旁边；攒到了一定的数量，我就印一本自己的诗画集出来卖，有时卖不了几册，有时能卖上不少。

后来，有几位专业的出版人士联系我，说想要与我合作，出版几本诗集来推销，只要我乖乖配合他们的引导，就一定能变得比现在更有名气，挣得更多。我问他们有什么计划，他们说，我的诗歌太晦涩、太深沉，多数人都看不懂，也不愿看——瞧瞧我以前出版过的书就能发现这一点了，那些只收录了画作的册子总是卖得很好，但配上诗歌的册子就不太卖得出去了。他们拍着胸脯保证，只要我愿意改变风格，多写些简单易懂的诗，成为举国闻名的大诗人不成问题。后来的结果，你或许也猜到了——我谢绝了他们的“好意”，宁可放弃大笔可观的收入，也要做自己诗歌的主人。现在想来，这或许是个正确的决定吧。

老虎，老虎！

老虎！老虎！火一样辉煌，
燃烧在那深夜的丛莽。
是什么超凡的手和眼睛
塑造出你这可怖的匀称

从何处取得你眼中之火
取自深渊，还是取自天国
凭什么翅膀他有此胆量
凭什么手掌敢攫取这火光

什么样的膂力，什么样的神工
把你心脏的筋拧制成功
在什么样可怕的手中
你的心脏开始最初的搏动

什么样的铁锤什么样的铁链
什么熔炉把你的脑子烧炼
什么样的握力什么样的铁砧
敢把这无人敢碰的材料握紧

当群星向下界发射金箭，
把泪珠洒遍那天宇之间，
他可曾对自己的作品微笑
莫不是他，羔羊的作者把你造

老虎！老虎！火一样辉煌，
燃烧在那深夜的丛莽。
是什么超凡的手和眼睛
敢塑造你这可怖的匀称

·飞白 译

知识卡片 看似在夸老虎，其实是夸……

在这首诗里，布莱克好像一直在提问，要是仔细数一数，就会发现这短短二十四行诗里居然出现了十六个问号。我们知道，布莱克是一名虔诚的基督徒，因此写过不少与宗教有关的诗歌；结合这一点来看，许多个问句的答案其实是同一个，那就是“上帝”，布莱克认为，是上帝将老虎塑造得如此健美、匀称，甚至恐怖，强大的老虎便是上帝伟岸形象的象征。在倒数第二节里，布莱克写道：“莫不是他，羔羊的作者把你造？”学者们认为，这句诗中的“羔羊”别有深意——在基督教文化中，人们经常用羔羊来代指耶稣，因为羔羊象征着温驯、无辜与不抵抗的态度。所以，这里的羔羊指的也许正是上帝之子耶稣。布莱克就这样巧妙地点出，上帝既能够创造温驯的绵羊，也能创造强健可怖的老虎，表达了对他造物能力的赞美。

彭斯：我是农民的好儿子

◇◇◇◇◇◇◇◇◇◇◇◇◇◇◇◇◇◇◇◇

彭斯（1759—1796）

苏格兰诗人。他的许多作品都以通俗易懂的语言来描述社会现实，抨击不公平的现象。比如他的叙事诗《两只狗》，便是通过穷人与富人家中养的小狗的视角来评论社会，角度新奇又有趣。同时，他的诗歌创作还受到民歌的影响，而他的许多诗歌又被改编成民歌。彭斯在苏格兰很受欢迎，可惜的是，他患有心脏病，三十七岁便去世了。

◇◇◇◇◇◇◇◇◇◇◇◇◇◇◇◇◇◇◇◇

诗人故事

许多有名的诗人都生在富贵家庭或是书香门第，但我却不一样——你要是在苏格兰的乡野提起我，人们准会笑着说：“啊，彭斯可是咱们农民的好儿子。”有些人会觉得农村生活又脏又苦，但我从小在农村长大，接触最多的就是农民与田野，在我心里，世上最纯净、最快乐的人，就是田野里唱着歌儿的农民伙计。

我父亲就是个地地道道的农民，他读过几年书，而且勤劳又机灵，照理来说是能挣出一份家业来的。可是在当时的苏格兰，土地的所有权大多在大地主与贵族的手里，农民想要耕种就必须付一大笔租金；而且最肥沃的土地呢，又被地主们自己占了去，农民租到的只是最贫瘠的地。这不是成了个死循环嘛，农民们一年忙到头，赚的钱只够付租金，永远也买不起自己的土地。不过，我们苏格兰人有着天生的自信与乐观。我每次走在田间地头，都能听到人们唱着悠扬的民歌，歌词大多是给自己加油鼓劲儿的。我被这种乐观的精神深深打动了，于是开始收集那些有趣的苏格兰民歌，将它们整理汇编在一起。几年的时间里，我收集了不知多少首，有些歌是大家都听过的流行歌曲，有些歌则只有最地道的苏格兰农夫才会唱。这些歌给了我不少写诗的灵感，二十七岁的时候，我出版了自己的第一本诗集，叫作《主要用苏格兰方言写的诗集》，一下子就打响了名气——人们争相购买这本书回去读，就连以前那些不待见农民的贵族们都开始想方设法地要认识我呢。

这给了我很大的鼓舞，于是我写得更勤了，而且为了让更多人喜欢上我的诗，我对自己的风格做了点小小的改变。我将诗歌的音乐性当作最重要的元素来看待，用的词也尽量通俗易懂，这样它们就很容易被改编成歌曲，被人们传唱了。要是能让农民伙计们喜欢上我的诗，那我就再高兴不过了。靠着写诗我虽然有了点名气，但也决没有变成那种高高在上的人，还是经常会在农村里待上几天，走到田地里去和大伙儿一起干活；在田间听到有人唱起我写的诗的时候，是我最幸福快乐的时刻！

一朵红红的玫瑰

我爱人像一朵红红的玫瑰，
　在六月里开得新鲜；
我爱人像一首美妙的乐曲，
　奏出了动人的和弦。

我的好姑娘，你多么美丽，
　我是这样深深爱你，
我要永远爱你，亲爱的，
　直到大海枯干见底。

直到大海枯干，亲爱的，
　直到太阳熔掉岩石，
我要永远爱你，亲爱的，
　只要生命之流不止。

再见了，我唯一的爱人！
　我们只是暂时别离，
我一定要回来的，我的爱人
　哪怕相隔迢迢万里。

·飞白 译

知识卡片

一起庆祝彭斯之夜吧

这首《一朵红红的玫瑰》是彭斯最有名的爱情诗之一，几乎是一出版就被改编成了民歌，直到现在传唱度都非常广。不过，在如今的苏格兰，唱民歌已经不再那么流行了，但是在一年一度的“彭斯之夜”，人们一定会聚在一起，唱响这首动听的歌谣。在苏格兰，每年的一月二十五日（也就是诗人彭斯的生日）被定为彭斯之夜，人们在这一天聚集在宴会厅里，分享一种叫作“肉馅羊肚”的特色美食——也就是将羊肉、燕麦、洋葱、羊内脏切成碎块后，和香料一起塞进一只羊肚里，将它紧紧地扎起来，用大火煮上好几个小时。彭斯曾经写过一首诗赞美这种苏格兰特有的美食，它也就逐渐流行起来，如今已经可以算得上是苏格兰的国菜之一了。彭斯之夜，人们会进行祷告，并唱起彭斯写的民歌，然后痛快地大吃大喝，度过一个美好的夜晚。

致田鼠

柔滑、畏缩而又胆怯的小兽，
啊！你心中多么恐慌！
你不必惊惶逃窜，
吱吱乱叫！
我可不愿跑去追你
举着杀戮的木板。

我由衷歉疚人类的统治
破坏了大自然中的友好联盟，
还以那个谬论为正理，
让你害怕我，
你可怜的尘世伙伴，
一样凡胎肉体！

我毫不怀疑，有时你偷窃；
那有什么？可怜的野兽，你得生存！
二十四捆里偶失一穗
实在微不足道；
我会因余下的获得祝福，
决不去念叨损失。

你的小家，毁了！
脆弱的墙被风吹散！
现在没法搭建一个新家，
用同样的青草！
阴冷的十二月风萧萧，
凛冽又刺骨！

你看到田地空荡荡，
疲倦的冬天快要来临，
这儿舒适，躲开寒风，
你原打算安居，
直到哗啦一声！残忍的犁头
从你洞穴横穿而过。

那一小堆叶子和谷茬，
来自你多少次啃咬！
虽费尽心力，如今你却被逐出，
没有家，没有家当，
来承受严冬冻雨，
和皑皑冰霜。

但是田鼠，不是只有你，
验证了前途一场空：
鼠和人的精心谋划
常中途旁逸，
让我们空余悲伤和痛苦，
而不是期许的快乐！

你还是幸运的！与我相比！
只是眼下有所危急：
但是，唉！我回望过去
可怕的景象！
展望未来，尽管看不到
我猜着也是恐惧！

·王改娣 译

知识卡片

在彭斯眼里，人类可并不是世界的中心

这首《致田鼠》被许多人认为是彭斯最好的一首诗，因为它把彭斯的创作精神里很重要的一部分体现了出来，那就是对大自然的尊重与爱护。这首诗是彭斯在干农活儿时写下的，他当时正在犁地，却不小心把小田鼠的窝给犁翻了，小田鼠吓得四处逃窜。诗中彭斯仿佛是在和朋友说话似的，用一种很温和的语气劝慰着小鼠，让它不必惊恐，还诚恳地道了歉，毕竟他犁翻了小鼠辛辛苦苦筑好的窝。彭斯还不忘对自己进行批评，承认是人类的霸道破坏了自然界的和谐友好，所以小鼠才会一见到他就仓皇出逃。这种自我批评，体现了彭斯对“人类中心主义”的反对。也就是说，他认为人类和其他生物的地位是平等的，谁也没有资格为了自己过得舒适，就去破坏小动物的财富与领地。因此，这首诗不仅语气自然、可爱，还带有一点对小田鼠的“慰问”在里面呢。

华兹华斯：我是湖畔派的代表诗人

◇◇◇◇◇◇◇◇◇◇◇◇◇◇◇◇◇◇◇◇

华兹华斯（1770—1850）

英国诗人。他被认为是英国湖畔派诗人的代表人物，这个流派认为城市生活过于吵闹，而大自然才能真正带给人内心的平静，主张返璞归真。他的诗歌清新质朴，注重对自己内心的探问，写下的许多长诗都带有一点自传色彩。华兹华斯的抒情诗与哲理诗得到了许多评论家的青睐，学者们普遍认为，英国浪漫主义文学的辉煌是华兹华斯和柯勒律治一起开创的。二十世纪初，汪静之、应修人等几位中国青年诗人受到华兹华斯诗作的影响，创立了一个中国的“湖畔派”，留下了不少清新有趣的小诗。

◇◇◇◇◇◇◇◇◇◇◇◇◇◇◇◇◇◇◇◇

诗 人 故 事

你是更喜欢城市，还是更喜欢乡村呢？如果你也觉得乡村生活更安静、更舒适，那我们可就有的聊啦。我叫华兹华斯，出生在英国西北部湖区，那儿是全英国风景最美的地方之一。我父亲是个律师，我继承了他机灵的头脑，十七岁便考进了剑桥大学圣约翰学院。

在剑桥，我读了许多希腊拉丁文学名著，被那些优美的辞藻深深打动，于是开始试着自己写诗。虽然那些古典名著让我心醉神迷，但我心里其实是对它们有怀疑的：为什么要用这么多生僻的辞藻来表达思想呢？在以前，书是很珍贵的东西，能阅读诗歌的人基本上都很有学问，所以用词晦涩倒也正常。但自从印刷术被改良后，纸书渐渐变得平民化了，人们只花几个先令就能买到一本书来读。在这样的情况下，用一种大家都看得懂的话来写作，或许就很有必要了呀。

后来，我与柯勒律治成了好朋友，他比我小两岁，也是个诗人。他很赞同我的看法。后来，我与他一起合写了一本诗集，名叫《抒情歌谣集》，取得了很大的成功，我俩也就在英国文坛打响了名气。照理来说，我应当趁热打铁，去伦敦或者巴黎居住，好和评论家、其他诗人们打成一片，这样也能挣到更多钱，变得更有名。但最让我魂牵梦绕的地方还是乡村田园，我相信，人只有回到了自然里，才能创作出真正贴近灵魂的诗篇。我在格拉斯米尔湖畔住了下来，做了一份清闲的公职，每天花上好几个小时在湖边散步，同时和几个朋友一起交流自己写的诗。有人称我们为湖畔派诗人，听起来还挺浪漫的。

读了我的诗，你会发现我是以平时人们说话的口吻来写诗的，这种语气在古典文学里很少见。我认为：所谓的好诗，应该是强烈情感的自然流露，诗人的口吻不应当一直高高在上，而是要用大家都看得懂的语言，描述普通生活中发生的事情、出现的情境。有几个评论家说，我的这些看法算得上是浪漫主义诗歌开始发展的标志，听起来倒怪了不起的。

我孤独地漫游，像一朵云

我孤独地漫游，像一朵云
在山丘和谷地上飘荡，
忽然间我看见一群
金色的水仙花迎春开放，
在树荫下，在湖水边，
迎着微风起舞翩翩。

连绵不绝，如繁星灿烂，
在银河里闪闪发光，
它们沿着湖湾的边缘
延伸成无穷无尽的一行：
我一眼看见了一万朵，
在欢舞之中起伏颠簸。

粼粼波光也在跳着舞，
水仙的欢欣却胜过水波；
与这样快活的伴侣为伍，
诗人怎能不满心欢乐！
我久久凝望，却想象不到
这奇景赋予我多少财宝，——

每当我躺在床上不眠，
或心神空茫，或默默沉思，
它们常在心灵中闪现，
那是孤独之中的福祉；
于是我的心便涨满幸福，
和水仙一同翩翩起舞。

·飞白 译

知识卡片

漫游者另有其人？

读完这首诗，我们脑海里可能会想象出这样一幅画面：诗人华兹华斯漫步在山丘与谷地之间，看见了大片大片的金色水仙，一下子就被激发了灵感，掏出纸笔写下这首传奇名篇。但事实上，学者们发现，华兹华斯也许并没有亲眼见过那片金色水仙，他只是想象了一场漫游，而真正的漫游者另有其人——那就是他的妹妹多萝西。

多萝西是华兹华斯最重要的亲人与知己，许多年来一直与他一同生活、创作。虽然她的名气远没有哥哥那样大，但其实她也是位极有才华的作家。学者们通过对比研究得出了这样的推理：1802 年 4 月 15 日，多萝西在山谷里散步，看到了一大片金黄色的水仙花，晚上回家后在日记里详细地描述了那美丽的场景。两年以后，她的哥哥华兹华斯读到了多萝西的这篇日记，根据她的描绘发散想象，写下了《我孤独地漫游，像一朵云》这首诗。

拜伦：我是个追求浪漫的英雄

◇◇◇◇◇◇◇◇◇◇◇◇◇◇◇◇◇◇◇◇◇◇◇◇

拜伦（1788—1824）

英国诗人。他是十九世纪初期欧洲积极浪漫主义的代表人物。他在自己的诗歌里创造出了一系列的“拜伦式英雄”，也就是一种对现实感到不满而奋起反抗，但最终又没有取得成功的人物形象，哲理剧《曼弗雷德》中郁郁寡欢的曼弗雷德就是一个典型的拜伦式英雄。拜伦最重要的代表作是长诗《唐璜》，在这部作品中，他借主人公之口描绘了当时的欧洲社会。可惜的是，这部长诗还未完成，拜伦便不幸于希腊病死；但《唐璜》仍然凭借丰富的内容和华丽的辞藻得到了万千读者的喜爱，对欧洲浪漫主义文学的发展产生了深远影响。

◇◇◇◇◇◇◇◇◇◇◇◇◇◇◇◇◇◇◇◇◇◇◇◇

诗人故事

你好呀，亲爱的小读者，如果你允许的话，我得坐着和你说话——唉，我的一只脚天生有些跛，还是坐着聊天更舒服些。我叫拜伦，出生于一个没落的贵族之家。我父母的关系不太好，他们经常吵架，还会把怒气发泄在我身上，在这样的环境中，我慢慢变得忧郁、孤僻。有很多人说我早期的作品总带有一种忧郁的氛围，也许就是童年经历在我身上留下的印记吧。

在剑桥大学念书的那几年里，我广泛阅读了欧洲的经典文学与哲学著作，对政治与诗歌都有了自己的思考。你也许会觉得，英国并不是个封建可怖的国家呀。但在当时的我看来，社会上仍然有着许多不公正、不自由的地方需要改善。比如说，以旧贵族为代表的统治阶级，经常为了自己的利益而欺负百姓，压榨原本属于他们的权利。虽然我自己就是贵族阶级的一员，但我还是勇敢地发表了不少演说，坦言自己对这些现象的反感。在我的许多作品里，你都能看出我对贵族阶级的批评与对平民的同情。

在读书时，我就对欧洲其他国家的政治革命很感兴趣了。二十多岁时，我曾去南欧旅行，去了葡萄牙、西班牙、马耳他、阿尔巴尼亚等好多个国家，第一次了解到南欧的民族解放运动，那热血的场面对我的写作产生了很大影响。我的长诗《恰尔德·哈洛尔德游记》便是根据那时的经历写成的。

后来，我去意大利待了七年，写下了《曼弗雷德》等几部重要的长诗，也参加了当地革命运动。离开意大利后，我又去了希腊。曾经，那儿可真是个美丽而自由的地方，古希腊先贤们对智慧与美的追求也让我赞叹不已。可是，当我再一次来到希腊时，却痛心地发现它已经不复往日的美丽，因为它正被土耳其人的铁骑凌虐着。我立马投身加入了希腊独立战争，虽然我在希腊人眼里是个外国人，但我写过不少激励人们战斗的诗歌，所以大家都挺认可我的加入。我就这样一边写诗，一边战斗，日日盼望着希腊能真正独立，人们重新拾起诗歌与哲学的那一天。

雅典的少女

雅典的少女，在我们分别之前，
给我，噢，给我把心送回来吧！
或者，既然它已离开我的胸膛，
你现在拿着它再带走其余部分！
听听我的誓言吧在我走掉之前，
你是我的生命，我爱你！

你这些无拘无束的长长的头发，
被每一缕来自爱琴海的风追求；
你这些眼皮边堤岸般的刘海儿
吻着你柔软而轻微绽放的面孔；
你这些好像鱼子似的狂野眼睛，
你是我的生命，我爱你！

我渴望尝一小口你嘴唇的滋味；
还有环绕特殊地带的你的腰间；
一切带有象征性的花朵讲述着
言语从未说得如此美妙的事物；
还有爱情在欢愉与悲伤中交替，
你是我的生命，我爱你！

雅典的少女！我就要离你而去：
想着我，亲爱的！在孤独时刻。
虽然我就要飞往伊斯坦布尔了，
但雅典却抓住了我的心和灵魂：
我能够主动终止去爱你吗不！
你是我的生命，我爱你！

·桑克 译

知识卡片 雅典少女的原型是谁？

读了这首《雅典的少女》，你也许会以为这是拜伦写给情人的诗。他好几次告白道："你是我的生命，我爱你！"还有定情的鲜花、爱情的一串悲喜，都让人觉得这一定是拜伦写给他深爱的女子的情书。但是，根据学者们的研究，这首诗献给了一个年仅十二岁的小女孩，拜伦只是想象了一场疯狂的爱恋，并非据实描述。1809 年，拜伦旅居希腊雅典，借住在一位名叫色欧杜拉·马珂里的女士家里。马珂里有三个可爱的女儿，其中年纪最大的特瑞莎便是拜伦献诗的对象。《雅典的少女》是拜伦最有名的抒情诗之一，被翻译成许多种语言，得到了万千读者的喜爱。直至今天，都还有读者慕名前去希腊雅典拜访马珂里的故居呢。

雪莱：我写下浪漫主义的抒情诗篇

◇◇◇◇◇◇◇◇◇◇◇◇◇◇◇◇◇◇◇◇◇◇◇◇◇

雪莱（1792—1822）

英国浪漫主义诗人。雪莱写过许多优秀的抒情诗，主张自由民主，赞美坚强不屈的战斗精神。他的诗作音调和谐，节奏明快，对欧洲浪漫主义文学产生了很大影响，因此他与拜伦被公认为是十九世纪英国诗坛的两颗巨星。可惜的是，与拜伦一样，雪莱也英年早逝——1822年，他坐船去接友人时遇到了海上风暴，乘坐的船被风浪掀翻，最终溺水而亡，年仅三十岁。雪莱的代表作有长诗《麦布女王》、诗剧《解放了的普罗米修斯》与诗歌《西风颂》等。

◇◇◇◇◇◇◇◇◇◇◇◇◇◇◇◇◇◇◇◇◇◇◇◇◇

诗人故事

如果要用一种动物来指代自己，你会选什么动物呢？我会选云雀，因为它永远飞翔着、歌唱着，给世界带来光明与欢乐，就像我在《云雀颂》里描写的那样。我的名字叫珀西·比希·雪莱，出生于十八世纪末的英国。那时候，一场深刻的变革正发生在我的祖国——英国在世界上第一个进行了工业革命，人们开始大规模地使用机器来进行生产，农民们进入城市里打工，或者做些小生意。这极大地促进了社会的进步，但也产生了不公平的现象：富人们越来越有钱，只能出卖劳力的工人们越来越穷，这也就是书本里常说的“阶级分化”。我的一生，其实一直都在为反抗这种不公平而战斗。

说到这儿，你可能会以为我也是工人中的一员。而事实上，我出生在一个贵族之家，从小过着富裕的生活，六岁时便开始学拉丁文，长大后进入了大名鼎鼎的伊顿公学念书。也许是因为我在课堂上的表现太过突出了吧，班里的其他孩子总是欺辱我，他们看不惯我的优等生做派，见我开始学着写诗，便管我叫“疯子雪莱”。我并不理会他们的凌辱，只是自己默默地写，我还读了许多古典文学作品，积累了不少素材。后来，我考进了牛津大学，但只读了一年就被勒令退学了——因为我写了一本关于无神论的小册子，还把它印出来在校园里发给同学们读。在虔诚的人们看来，这是非常叛逆的行为，我因此被开除了学籍，还被父亲赶出家门，再也没有回去过。但我并没有屈服，而是创作了更多宣扬自由与公正的诗歌，还发表过一些公开演讲，希望人们能解放自己的思想。

1818年，我的肺病变得有些严重了，英国的气候让我很不舒服；英国政府也不待见我，因为我写的诗让他们伤透了脑筋。于是，我搬去了气候温和的意大利，一住就是多年。在意大利，我创作出了好几部重要的长诗，还写了不少浪漫主义的短诗，在抒情诗领域大展身手。我经常在诗里把人们比作鸟儿，因为我觉得人本来也和鸟一样，应当是自由、快乐的，不被任何教条所束缚。

唉，不说了，时间快到了——我的朋友要来看我，我得坐船去接他。等我回来再接着聊！

西风颂（节选）

把我做成你的七弦琴，甚至像森林一样：
即使我的叶子像它们一样落下又有何妨？
你这非凡的和声之中的喧嚣

会减少其中深沉的秋天腔调，
甜蜜但又悲伤。你做吧，凶猛的灵魂，
我的灵魂！你我同做吧，一个鲁莽的人！

驱使我死掉的思想去往整个宇宙
好像枯萎的树叶加速一种新生！
而且还可以凭借这首诗的符咒，

撒播，犹如来自一个未曾熄灭的壁炉
灰烬与火星儿，来自我的人类之中的词语！
穿过我的嘴唇来到未曾唤醒的地球

预言的号角！噢，风，
如果冬天来了，春天还会远吗？

·桑克 译

知识卡片 如果冬天来了，春天还会远吗？

《西风颂》是雪莱最重要的诗歌作品之一，被誉为世界诗歌宝库中的明珠。在我们的印象中，西风好像都是凛冽的、寒冷的，叫人冻得瑟瑟发抖；但在这首诗里就不能这样理解了：雪莱是英国人，英国属于温带海洋性气候，那里的西风温暖、和煦，是美好的象征。有人曾说，欧洲人眼中的西风和我们中国人眼中的春风差不多，我们用“春风满面”这样的词来表达畅快，而雪莱笔下的西风也有着相似的效果。有学者认为，在雪莱笔下，西风不仅暗示春天即将到来，也是革命力量的象征。西风猛烈地吹拂着大地，正如受屈辱的人们反抗社会中的不公；西风以了不起的力量送走冬天、迎来春天，而人们也要靠自己的努力，将不公正的现象扫除，争取温暖而美好的未来。在这首诗的结尾，雪莱写下传世名句“如果冬天来了，春天还会远吗？”，看来这不仅是对自然现象的理解，也寄托了诗人美好的希望呀！

济慈：我是弃医从文的浪漫派诗人

◇◇◇◇◇◇◇◇◇◇◇◇◇◇◇◇◇◇◇◇◇◇◇

济慈（1795—1821）

英国浪漫派诗人，创作了许多抒情诗。他对古希腊文化极为欣赏、向往，常在作品中化用希腊神话，渴望寻找神话中说的“永恒的美的世界”。济慈的诗歌文采斐然，使用大量的修辞手法，具有很高的艺术价值，对后世的唯美派与意象派产生过重要的影响。可惜的是，他因患肺结核而死去时，只有二十六岁。他生前便为自己写好了墓志铭：“此地长眠者，声名水上书。”他认为，功名利禄都只被写在水上，轻易便会散去。济慈的代表作有颂诗《夜莺颂》与叙事诗《伊莎贝拉》等。

◇◇◇◇◇◇◇◇◇◇◇◇◇◇◇◇◇◇◇◇◇◇◇

诗人故事

我是济慈，出生于英国伦敦。在我九岁时，父亲因意外去世，母亲也改嫁了，我和两个弟弟被外祖母收养，这给我心中留下了很深的创伤。过了几年，与我最亲近的外祖父和外祖母也去世了，他们把我托付给一个名叫理查德的监护人，可是理查德不愿再让我继续学习文学，他劝我改行学医。

我没有法子，只能中断了原本的学业去做药剂师的学徒。但是，我并没有放弃过文学与写作，而是在学习医术的间歇里坚持创作，因此写了不少短诗。过了几年，我通过了行医职业考试，但却实在不想做医生，所以还是弃医从文，开始专心创作。

对我产生最多影响的，应该就是希腊神话了吧。古希腊人追求至真至美的态度深深打动了我，他们经常在史诗或传说里描写那种超凡脱俗、具有神性的美。我经常将古希腊神话作为创作的底子，对它们加以充分的想象。人们把我归入了浪漫派诗人之列，这个流派的特点就是追求强烈的艺术效果，并从民间文学中获得题材和灵感。与其他浪漫派诗人一样，我的诗歌也经常带有一种忧郁、感伤的情调，有很强的主观性。

1818 年，我与朋友一起徒步旅行，一直走到了英格兰与苏格兰的边界。沿途我们欣赏自然美景，也了解风土人情，积累了许多素材。从那时起，我开始了解并书写关于整个欧洲的作品。每天早晨，我们开始徒步，走上二十来英里，用眼睛捕捉自然界中美好的事物，并且用诗歌记录下来。到了晚上，我会给亲朋好友们写信，向他们描述白天看到的美景，听到的奇闻异事。

只可惜，这样畅快惬意的日子没有持续多久，因为我的弟弟染上了可怕的肺结核。唉，就算解释了你们也很难理解，我得知消息时的痛苦几乎难以言喻——我知道，肺结核只需要很短的时间便能夺走一条鲜活的生命。我明白这可怕的肺病是有传染性的，但还是决心去照顾弟弟，因为他毕竟是我的至亲呀。我现在心里祈祷的事情有两件，第一件是能出现奇迹，让弟弟的病情好转；第二件，就是我能快些回家去，毕竟我深爱的芳妮小姐还在等着我呢……

夜莺颂（节选）

我的心作痛，一阵昏沉的木然刺痛
我的感官，仿佛我喝下了毒芹，
抑或一分钟前将些许醉人的罂粟
倒空，已然向忘川中沉浸：
这并非对你的幸福心生嫉妒，
而是你的幸福令我太过幸福，——
你，林中羽翼纤薄的树精
你躲入山毛榉的绿色
那悠扬的景致与数不清的荫蔽中，
放开歌喉，怡然吟唱夏季。

噢，愿饮一盏葡萄酒，它
在深掘的地下冷藏了许久。
尝它使人想到花神与绿的国度，舞蹈，
普罗旺斯歌曲，与炙热的欢喜！
噢，愿饮满满一杯南方的温暖，
盛满了真正的，鲜红的灵感之泉水，
杯沿眨动着珍珠般的酒沫，
还有那紫色点染的唇边：
我要一饮而尽，无声地离开这世界，
与你一道隐没在幽暗的林间：

在远方隐没，消融，并彻底忘却
忘却你在树叶间未能知晓的一切，
忘却疲倦，忘却病热，还有焦躁
此地，人们坐在一起听彼此呻吟；

此地瘫痪摇动着最后几根悲伤的白发，
  此地青春变得苍白，幽灵般消瘦，随后死去；
    此地只要稍一思索便充满悲伤
      还有那铅一般灰暗的眼传达的绝望；
  此地，美不能保持她光耀的目光，
    而新生的爱未到明日便已然憔悴。

去吧！去吧！愿我能飞向你，
  无需酒神与其伴侣驱动战车，
而要乘着诗歌无形的羽翼，
  尽管这恍惚的头脑困惑迟疑：
我早已和你在一起！夜色温柔，
  兴许月的皇后已登上宝座，
    四周簇拥着她的星辰侍女；
      但这里没有光明，
  除了自天堂吹落的一缕微风
    穿过青翠的幽暗与蜿蜒的苔藓小径。

·韩昊洋 译

知识卡片 夜莺的悲歌

在西方，有这样一个凄美的传说：在月圆的晚上，夜莺会飞上最高的玫瑰枝头高声啼鸣，并且让玫瑰的刺深深扎进自己胸膛，血渐渐流出，染红了美丽的玫瑰。济慈在这首《夜莺颂》里借用了夜莺的形象，抒发自己内心矛盾复杂的感情。

创作这首诗的时候，济慈正患有肺结核；肺结核在当时是致命的疾病，染上它往往意味着很快就会死去。同时，济慈与芳妮小姐正在热恋，两人情投意合。据诗人自己说，他当时最常想的两件事便是芳妮的可爱与自己死去的时间。这样看来，诗人是把自己比作了被玫瑰刺扎中心脏的夜莺，明知道死亡已经临近，但还是忍不住为了爱情发出动听的啼声。难怪有学者说，济慈将自己对命运的愤怒与对生命的渴望，全都寄托在这首《夜莺颂》里了。

普希金：我被称为“俄国文学之父”

◇◇◇◇◇◇◇◇◇◇◇◇◇◇◇◇◇◇◇◇◇

普希金（1799—1837）

俄国诗人、小说家。他是十九世纪俄国浪漫主义文学的先驱之一，同时创作了许多反映社会现实的作品，所以也被认为是俄国现实主义文学的奠基人。就像英国作家莎士比亚用作品影响了现代英语那样，普希金的作品也在一定程度上影响了现代俄语。他的作品被翻译成许多种语言，国际评论家们称他为“俄国文学之父”，苏联作家高尔基称他为“一切开端的开端”。普希金主张废除农奴制，而且经常在作品中抨击社会的不公，因此遭受过打压与迫害，最后在一场决斗中意外死去，年仅三十八岁。他的代表作有小说《上尉的女儿》和长诗《自由颂》等。

◇◇◇◇◇◇◇◇◇◇◇◇◇◇◇◇◇◇◇◇◇

诗人故事

你好，我叫普希金，出生在一座贵族的大庄园里，里面有城堡似的建筑，有磨坊和风车，还有大片大片的农田。要维持这样一座庄园的运作需要很多人手，所以贵族们家里往往有许多农奴，我家里就有好几百个。唉，其实这是个让我有点纠结的话题，我心里明白，如果不是靠农奴，自己的生活肯定会很难过，但我又打心底里觉得农奴制度是天底下最残忍、最不公的玩意儿了。那些穷困的农民们没有自己的土地，于是只能投靠庄园主来换取耕地与保护，但他们要上交的不仅是租金，还有自己的劳动与时间，实质上就是变成了庄园主的奴隶，没有自由。我与许多农奴打过交道，很理解他们的痛苦。

到了十二岁的时候，我进了一所贵族子弟学校念书。我的母校很了不起，老师都非常鼓励学生们写诗，而且还有专门的文学课。谁要是写了一首好诗，会在全校同学面前得到表扬。我就被表扬过几次，受到了很大的鼓舞。除了在写诗方面的进步，学校还带给了我一样宝贵的东西，那就是与革命先锋们认识的机会。那时候，俄国还是一个比较封建的国家，沙皇有着至高无上的权力，这引起了很多年轻人的不满，其中最有名的一小群被称为“十二月党人”，他们要求自由化、民主化，不能再让沙皇一个人独裁下去了。我与其中的好几个人成为朋友，渐渐地形成了自己的政治立场。

毕业以后，我去了外交部工作，写了更多主张废除农奴制度，把自由还给农民的诗歌。但是，把持着政治力量的人，多是那些旧贵族，他们根本不在乎农民们生活得好不好，只想保住自己富贵舒适的农奴主生活。那些与我地位差不多的人更是不理解我的想法，在他们眼里，我仿佛是个拿起刀子割自己肉的傻瓜。唉，我想，他们要是明白人不能只为自己的舒适而活这个道理，也就不会再觉得我傻了。

假如生活欺骗了你

假如生活欺骗了你，
不必悲痛，不必气忿！
在苦闷的日子里需要克制，
相信吧，欢乐的日子就要来临。

心灵生活在未来之中，
而现在却总有苦闷，——
转眼间一切都会过去，
而过去了的，就会变得可亲。

·飞白 译

知识卡片 为什么普希金说“而现在却总有苦闷”呢？

在这首诗刚被翻译成中文的时候，许多人都曾把它摘抄下来作为自己的座右铭，因为它表达了一种乐观积极的人生态度，而且读起来朗朗上口。不过，你会发现，其中还是有一行听起来有点悲观的句子，那就是“而现在却总有苦闷”，为什么普希金会这样说呢？

这首诗创作于1825年。普希金在担任公职时写了不少挑战旧贵族利益的诗歌，引起了统治者的不满，因此将普希金派去荒凉的敖德萨工作，实际上就是一种流放。在那里，普希金与一名总督发生了冲突，因此被押送回父母的领地，幽禁在一座村子里，无法与外界交流。这样的压迫与寂寞让普希金非常痛苦，为了激励自己，他写下了这首《假如生活欺骗了你》，并赠送给了一个鼓励、安慰他的俄国小姑娘。

缪塞：我用诗歌治愈童年

◇◇◇◇◇◇◇◇◇◇◇◇◇◇◇◇◇◇◇◇

缪塞（1810—1857）

法国诗人、剧作家。他被认为是法国浪漫主义文学的重要代表，语言热情、奔放，写作手法比较夸张、直白，内容往往与基于现实生活的期望有关。诗歌之外，他在戏剧方面的创作也很受人瞩目，有评论家称赞他的戏剧“既延续了古典主义的优点，也吸收了莎士比亚的长处”，就连大作家巴尔扎克都对他赞不绝口。缪塞的代表作有《罗拉》《杯与嘴唇》《十月之夜》等。1852 年，缪塞当选为法兰西语文学院院士，那是欧洲作家所能取得的最高荣誉之一。

◇◇◇◇◇◇◇◇◇◇◇◇◇◇◇◇◇◇◇◇

诗人故事

我是阿尔弗雷德·德·缪塞，我从很小就开始写诗，它是我治愈自己的方式。我人生中有过不少痛苦的时刻，都是通过写诗来化解的。

我出生在一个温馨的贵族家庭，由于身体不太好，从小受到了父母加倍的疼爱。父亲甚至舍不得我去公立学校上学，专门为我雇了私人教师，在家里教我读书。不过九岁时，我还是进入了学校与其他孩子一起学习，我的噩梦就从那时开始了。由于我脑子很灵活，因此直接进入六年级，成了插班生，班里的其他孩子都比我大好几岁。作为班里年纪最小的孩子，我的成绩却不比别人差，总考第一名，老师对我喜欢得不得了，经常当众表扬我。这引起了班里一些大孩子的不满，他们组成了一个小团伙，天天放学后堵我，对我说些羞辱的话，甚至对我拳打脚踢。虽然我现在已经成为一个有名的诗人，再没有人敢这样对我，但这些童年经历依然刺痛着我的心。如果你也碰到了这样的麻烦，可一定要跟爸爸妈妈还有学校里的老师说呀！

为了治愈那些欺辱带给我的伤痛，我开始试着写诗，写些快乐、轻松的诗——你可能会说，这有什么稀奇嘛，本来就有许多轻松愉快的诗呀，为什么要特意强调呢？在当时，法国文坛的氛围其实是有点凝重的，许多诗人都用作品来影射政治，或是讨论深奥的哲学问题。在这种比较适合古典创作的环境里，我那些轻松愉快的小诗就显得特别突出，人们也就记住了我这个年轻的诗人。

就这样，我很快地积累起了名气，到二十几岁时，已经算得上是很受欢迎的人物了。人们都说，我是那种完全靠才气写作的人，可其实我也是很勤奋的，不信，你可以去问我家里的用人。他们肯定会告诉你，我经常一写就是整个通宵，几十个小时不眠不休地写，生怕睡醒起来灵感就逃跑了。我的家人们很心疼我，不想我太累，总劝我要及时休息，但他们不懂，写作对我来说并不是消耗能量的事，而是我汲取能量的法宝。每次通宵写诗，我第二天精神反而特别好，也许创作的快乐的确能把疲倦赶走吧！

淡淡的晚星

淡淡的晚星，遥远的使者，
荧荧的额头，探出西天幕。
你从碧落之宫，苍穹之腹，
往阔野上眺望什么？

暴风雨远逝，风也已平静，
森林在荆棘上颤抖哭泣，
金黄尺蛾轻轻画出弧形，
穿过清香的芳草地。

你在酣睡大地寻觅什么？
我望见你已向山峦垂低，
忧郁的朋友，你笑着逃去，
你闪烁的眼神就要消逝。

向着翠岗徐徐降落的星，
夜之袍上悲伤的珠光泪，
正赶路的牧人把你遥望，
身后长列羊群步步跟随。

星，无垠之夜你去哪里？
是要在苇岸找一张牙床？
抑或在这万籁俱寂之际，
像绚丽珠宝坠入大海洋？

灿烂之星啊，若必将殒灭，
将你金发浸入沧溟大壑，
离开我们之前请稍停歇；
爱情之星，不要自天降落！

·李玉民 译

知 识 卡 片

为什么缪塞不想让爱情之星降落呢？

在这首诗的最后，缪塞这样写道“爱情之星，不要自天降落！”我们知道，缪塞是个浪漫主义诗人，这个流派的特点之一，就是歌颂、赞扬爱情的美丽，为什么缪塞如此祈祷自己不要降临爱情呢？有人认为，是他痛苦的心灵经历使他有了这样的想法。缪塞的爱情之星，真可以算得上是一颗璀璨的明星了——他爱上了法国最有魅力、最受欢迎的女作家乔治·桑。缪塞对乔治·桑一见钟情，在朋友的撮合下，两人走在了一起。但是，乔治·桑很快就厌倦了缪塞，二人只交往了两年左右就分手了。乔治·桑转头就找了新的男友，但缪塞却还沉沦在这段感情里无法自拔，心里非常痛苦，难怪要祈祷爱情之星别再自天降落呢。

莱蒙托夫：我是俄国的民族诗人

◇◇◇◇◇◇◇◇◇◇◇◇◇◇◇◇◇◇◇◇◇◇◇◇◇◇◇◇◇◇

莱蒙托夫（1814—1841）

俄国诗人。莱蒙托夫的作品真实地表现了俄国的社会生活，因此被誉为俄国的民族诗人。俄国人民非常爱戴莱蒙托夫，认为他是一位勇敢的斗争者，可惜他在非常年轻的时候就去世了——他曾经的同学马丁诺夫要求与他决斗，并一枪击中了他的心脏。虽然他只活到了二十七岁，但却留下了四百多首短诗，还有许多剧本与小说，是个非常高产的作家。莱蒙托夫的主要代表作有长篇小说《当代英雄》和长篇叙事诗《童僧》等。

◇◇◇◇◇◇◇◇◇◇◇◇◇◇◇◇◇◇◇◇◇◇◇◇◇◇◇◇◇◇

诗人故事

如果你喜欢普希金的话，那我们肯定很聊得来，说起来，他还算是我命中的贵人呢。我叫莱蒙托夫，我从很小的时候就开始写诗，十几岁时已经写出了好几首长诗，即便是现在回过头去读，也觉得挺有深度的。

不过，在二十岁以前，我几乎没有公开发表过什么作品，作家圈子里的名人们也并不怎么提到我的名字。我的学业之路也算不上顺利，虽然从小就在家里跟着家庭教师读了不少书，而且考进了一所有名的贵族中学，但进入莫斯科大学念书以后，我的成绩实在算不得出彩。到了大学二年级时，我一时冲动，参加了一场学生们组织的游行，和几个同学一起抗议学校里一位教授的行径。事情发生以后，校长非常愤怒，我也因此被开除，不再是莫斯科大学的学生了。这件事情带给了我很大的影响，后来很长一段时间里，我写的诗都带有忧郁、孤独的情绪，觉得外界不理解我的内心。

好在天无绝人之路，我还是设法考进了一所军事学校，算是开始了从军的生活。军营里的训练任务非常繁重，每天光是完成自己该做的分内事就耗尽了我所有的精力，想要读书写诗就只能努力挤出时间来。那两年里，我写的诗很少，直到毕业以后，我顺利成为少尉，才慢慢恢复了正常的创作。

1837 年，我命运的转折点到来了。我最喜爱、尊敬的诗人普希金先生去世了。虽然我从未真正与他说过话，但却一直在心里把他当作偶像。人们都说，是一场决斗害死了他，但我心里却很清楚，真正杀死普希金的并不是子弹，而是统治者的迫害！由于他的主张太过激进，沙皇就将他流放到了南部，他正是在那里遭到了许多的打压，才最终惨死枪下。我将心里的愤怒写成了一首诗，名叫《诗人之死》，明明白白地宣告：杀死诗人的罪魁祸首，正是那些残暴的统治者！这首诗一下子传遍了俄国文坛，引起轰动。沙皇自然也知道了这件事，立刻就派人展开调查，很快我被抓进了监狱。看来，一场流放是免不去了，我已经坦然接受了命运，因为我清楚，这是在一片黑暗中保持正直的代价。

乌黑的眼睛

无数星星缀满夏天的夜空，
为什么你只有两颗星?!
南方的明眸，乌黑的眼睛，
遇见你叫我失去平静。

人们常常说，夜晚的星斗
是天堂里幸福的象征；
黑眼睛，你是天堂和地狱，
你的星光照彻我的心灵。

南方的明眸，乌黑的眼睛，
我从目光中阅读爱情；
从我们相遇的一刻起，
你是我白天夜晚不落的星！

·谷羽 译

知识卡片 莱蒙托夫的爱情故事

莱蒙托夫将这首情诗献给了自己心爱的女子，你或许会以为，俄国姑娘一定会被诗人的浪漫所打动，并答应他的告白。可事实上，莱蒙托夫的爱情之路却是很曲折坎坷的。中国诗人海子曾经写过一首短诗，叫《三位姑娘——写给莱蒙托夫不幸的爱情》，让不少中国学者对莱蒙托夫的爱情故事产生了兴趣。根据他们的研究，莱蒙托夫一共对三位女士产生过爱情，其中对他最重要的一位叫洛普欣娜，是莱蒙托夫外祖母家的远亲。1831年，年仅十七岁的莱蒙托夫在莫斯科遇见了她，对她一见钟情。此后的时间里，他从未停止过对她的爱恋，写过许多炙热的情诗来歌颂她的美丽。洛普欣娜对莱蒙托夫也有着朦胧的好感，但她最终听从家里的安排，嫁给了一个有权有势的中年贵族，这成了莱蒙托夫一生都无法释怀的伤痛。

波德莱尔：我是象征主义诗歌的先驱

◇◇◇◇◇◇◇◇◇◇◇◇◇◇◇◇◇◇◇◇◇◇◇◇

波德莱尔（1821—1867）

法国诗人、文艺评论家，被认为是十九世纪象征派诗歌的先驱，中国二十世纪的象征派诗人也受到过他的影响，比如李金发、穆木天等。他反对像传统的浪漫主义诗歌那样直抒胸臆，主张通过描写复杂细微的变化来表现人的心态，使用的意象有很强的象征性与暗示性。波德莱尔最重要的作品是诗集《恶之花》，他在其中描绘了城市中许多丑恶的现象，这突破了传统的美学主张，对后来的欧洲现代主义诗歌产生了深远的影响。波德莱尔创作过多种风格的作品，有学者认为他是现实主义的开创者，也有人称他为象征主义文学的先驱。日本大作家芥川龙之介非常推崇波德莱尔，曾经在作品中写下“人生还不如波德莱尔的一行诗”这样的话。

◇◇◇◇◇◇◇◇◇◇◇◇◇◇◇◇◇◇◇◇◇◇◇◇

诗人故事

听到我的名字，你就差不多能猜到我是个法国人了——我叫夏尔·皮埃尔·波德莱尔，皮埃尔是个很常见的法国教名（也就是基督徒家庭的孩子受洗时得到的名字），不少贵族家的男孩都会用它作为中间名。父亲在我小时候便去世了，真正在我生命里扮演着父亲角色的人其实是我的继父。他是一个地位很高的将军，总是非常严肃。他很看不惯我的诗人身份，他觉得只有像军人、警察那样听起来就很正派的职业才值得一做，至于诗人这样“无病呻吟”的角色，只是给家族丢人现眼罢了。

继父总是打压我的兴趣，我实在受不了他，便在完成学业后离开了家，过起了流浪诗人的生活。不过，我承认，比起真正的流浪汉，我的日子还是好过不少的，因为家里时不时会给我点儿钱；但这样的生活让我和法国的底层人联结在了一起，以前过着贵族少爷生活的我根本想象不到，真实的生活会是这样残忍。如果翻开几本书店里热卖的小说，你会感觉一切都很无忧无虑似的，因为那些小说里的青年主人公们在上流舞会上大吃大喝，身着华服，张口闭口都是深奥的哲学观点，生活对他们来说仿佛是一场高雅的读书会，什么都是美好的。但放眼现实，还有这么多的人吃不饱肚子，怎么就没有几本书来写写他们的遭遇呢？我决心写一本诗集，记录下自己看到的现实社会。我写诗的时候，好像心里总有着一股愤怒，总有着一种对自己阶层的不满——那时我继承了父亲留下的遗产，因此成了真正的上流阶层，但心里的矛盾却变得愈发激烈。我写啊写，专写那些传统作家不肯写的东西。他们不是喜欢歌颂圣洁美好的事物吗？那我就写些丑陋的、恶心的，他们看了就想皱眉呕吐的东西，比如腐烂的尸体，比如难看的蛆虫。我是在以这种写作来反抗那些不关注真实生活的小说与诗歌。我的诗集出版以后，许多评论家都吓了一跳，他们从来没读到过这样大胆的诗；就连政府都被我吓着了，他们对我进行罚款，这真是莫名其妙。唉，也许开拓新路的人，总归很难得到真正的理解吧。

应和

自然是一庙堂，那里活的柱石
不时地传出模糊隐约的语音……
人穿过象征的林从那里经行，
树林望着他，投以熟稔的凝视。

正如悠长的回声遥遥地合并，
归入一个幽黑而渊深的和谐——
广大有如光明，浩漫有如黑夜——
香味，颜色和声音都互相呼应。

有的香味新鲜如儿童的肌肤，
柔和有如洞箫，翠绿有如草场，
——别的香味呢，腐烂，轩昂而丰富。

具有着无极限的品物底扩张，
如琥珀香、麝香、安息香、篆烟香，
那样歌唱性灵和官感的欢狂。

· 戴望舒 译

知识卡片 波德莱尔的“应和理论”

波德莱尔被视为象征主义的先驱，许多学者都认为他不仅继承、发展了浪漫主义，也奠定了人们对象征主义诗歌最初的审美。他提出的最重要的理论之一，叫作“应和理论”。简单说来，就是波德莱尔坚信，虽然许多事物看起来并没有什么关联，是杂乱的、没有顺序的，但实际上世间所有事物都有着内在的相互联系，哪怕是看起来风马牛不相及的两件事，也都有着相互应和的神秘关系。这首名为《应和》的诗歌，就是波德莱尔对应和理论的具体解释了。在自然这座庙堂里，事物看起来没有什么秩序，好像是在自顾自地发展，但这其实都是表象，从深层来看，它们既然都存在于自然之中，就必然是遥相呼应的，对彼此进行着隐秘的“应和”。诗人在不同事物的应和之间徘徊游荡，仿佛他也融入了这自然的交响曲之中似的。

裴多菲：我是匈牙利民族文学的奠基人

◇◇◇◇◇◇◇◇◇◇◇◇◇◇◇◇◇◇◇◇

裴多菲（1823—1849）

匈牙利诗人。他被认为是匈牙利民族文学的奠基人，对匈牙利的现代文学产生过巨大的影响。在十九世纪的匈牙利，裴多菲是第一个采用民歌形式来宣传政治观点的诗人，他主张人们拿起武器反击异族压迫者与本国封建势力，起到了很好的效果。他不仅用诗歌声援民族独立战争，还亲身参与了战斗，是真正受到所有匈牙利人认可的民族英雄。1849 年，年仅二十六岁的裴多菲在反抗沙俄军队的战斗中牺牲。

◇◇◇◇◇◇◇◇◇◇◇◇◇◇◇◇◇◇◇◇

诗人故事

我叫裴多菲·山陀尔，来自匈牙利。你听说过我的祖国吗，它是一个位于欧洲内陆的小国家。

我的父亲是一名屠夫，他文化水平不高，但却十分重视对我的教育。可惜的是，他竭尽全力也没能供我读完中学，十六岁时，我就离开学校闯荡江湖去了。

我结交的朋友大多是穷苦的百姓与街头艺人，与他们的接触，让我明白了大家真正喜欢听、喜欢看的是什么。当时，匈牙利还是一个比较穷的国家，很多人读不起书，能读得懂深奥的文章、欣赏高雅诗歌艺术的人就更是极少数了。

导致匈牙利贫穷的一大原因，就是奥地利的统治和国内封建势力的压榨。奥地利距离匈牙利很近，力量又比我们强大得多，所以经常欺压匈牙利人，还对我们进行了长达几百年的统治。要想摆脱受欺负的日子，就只有打响独立战争这一条路可走，但对手那么强大，匈牙利人的斗志并不高昂，很多人根本不敢加入军队来反抗，因为他们不相信自己的国家能打赢这场战争。

当时，匈牙利的不少诗人都试着用文学来鼓励人们加入战斗，可是读诗的人不多，因此宣传效果并不好。而我呢，因为以前做过民间艺人，所以知道匈牙利百姓最喜爱的娱乐就是唱民歌，如果用民歌的形式来写宣传诗，也许能取得成效。

我试着创作了几首这样的民歌，而且特意写得朗朗上口、方便传唱。几天之内，街头巷尾的人们就哼上了我写的诗，一传十、十传百，很快就形成了一股风潮。果然，报名加入军队的人数一下上升了不少。而且，我自己也积极投身革命斗争中。

这几天收拾收拾东西，我就要赶去前线和大伙儿一起并肩战斗了，祝我好运吧！

自由与爱情

·殷夫 译

生命诚宝贵，爱情价更高；
若为自由故，二者皆可抛！

知识卡片 裴多菲眼里的自由与爱情

在许多电影、小说与流行歌里，你都能听到这首《自由与爱情》的改编，以至于许多人觉得它是个古老的名言警句了。但事实上，这首诗的历史只有一百多年而已，是裴多菲于1847年写在自己意欲出版的诗集扉页上的。对裴多菲而言，比自己生命还要宝贵的爱人名叫尤丽娅——她是一位伯爵的女儿，家世十分显赫。在讲求门当户对的匈牙利，他们的爱情并不被看好，可尤丽娅还是顶住了来自家庭与社会的重重压力，与裴多菲结了婚。当时，匈牙利独立战争正如火如荼地展开，作为爱国热情最高涨的青年诗人之一，裴多菲不满足于在后方为士兵们加油鼓劲，想要亲自奔赴前线参加战斗。离开新婚燕尔的妻子总归是件痛苦的事情，他内心并不是没有做过斗争，但最终还是选择了奔赴前线。所以，他在诗里提到的“自由”并非个人的自由，而是属于整个民族的。

叶芝：我是爱尔兰文艺复兴运动的领袖

◇◇◇◇◇◇◇◇◇◇◇◇◇◇◇◇◇◇◇◇◇◇◇

叶芝（1865—1939）

爱尔兰诗人、戏剧家。他的诗作兼具现实主义的朴素和象征主义的朦胧，也有人认为他是浪漫主义诗歌的重要推广者。作为戏剧家，他曾经与朋友联手创办了爱尔兰国家剧院，并创作了许多反映爱尔兰历史与农民生活的作品，对唤醒民族意识产生了重要影响。学者们认为，他的这些作品有力地推动了“爱尔兰文艺复兴”，也就是十九世纪末至二十世纪二十年代爱尔兰文艺佳作频出的时期。叶芝最主要的代表作有《神秘的玫瑰》《克尔特的曙光》《柯尔庄园的野天鹅》等。1923年，他被授予了诺贝尔文学奖，成为爱尔兰第一位获得这个奖项的诗人。

◇◇◇◇◇◇◇◇◇◇◇◇◇◇◇◇◇◇◇◇◇◇◇

诗人故事

你好，我是威廉·巴特勒·叶芝，来自爱尔兰。小时候，妈妈给我讲了许多关于爱尔兰的故事，我对于祖国的感情就是从那时候培养起来的。

中学时，我开始大量地阅读文学经典，系统地学习哲学与历史。我的父亲是位画家，他的画室离学校很近，所以我经常去那里消磨时间，与艺术家们交谈。正是在那段时间，我开始试着写诗，写完就拿给艺术家朋友们看，他们读了觉得挺不错，都鼓励我多写几首，还把我介绍给了城里的其他诗人。就这样，我开始在报纸上发表诗歌与散文，有了一点名气。现在回过头来看那时写的诗，总觉得太天真幼稚了些，自己并没有在田园乡间真正生活过多久，却老在诗里把田园生活描绘得像天堂一般美好，流露出想要逃离城市、隐居山林的意思。

几年后，我们全家搬去英国伦敦。在那里，我与几个也热爱诗歌的年轻人组建起了一个诗会，大家经常聚在一起交流自己写的诗，每隔几个月就把作品收集在一起，做成一部诗集来出版。有了可以交流的伙伴，我创作的劲头就更足了，那几乎是我写诗频率最高的一段时间了。

从艺术院校毕业以后，我开始从事一些政治方面的工作。在我还是个学生的时候，我就写了不少支持工人与农民闹革命的诗，赞美他们的力量，主张他们去争取属于自己的权利。有不少人把那些诗歌当作证据来猜想我的政治立场，但是说实话，连我自己也不清楚自己的立场是什么。现在读起那些诗，我觉得自己好像把底层人民的生活给过分美化了，没有看到他们真正苦难的地方。唉，在这些方面，我好像总是很矛盾的。

现在，我已经上了年纪了，不想再参与到政治中，只想写些反映自己心中想法的诗。我把家搬到了郊野，这儿空气清新，环境优美，我能感觉到，诗歌的灵感正在我这个老头子的脑袋里出现。

当你老了

当你老了，白发苍苍，睡意朦胧，
在炉前打盹，请取下这本诗篇，
慢慢吟诵，梦见你当年的双眼，
那柔美的光芒与青幽的晕影；

多少人真情假意，爱过你的美丽，
爱过你欢乐而迷人的青春，
唯独一人爱你朝圣者的心，
爱你日益凋谢的脸上的哀戚；

当你佝偻着，在灼热的炉栅边，
你将轻轻诉说，带着一丝伤感：
逝去的爱，如今已步上高山，
在密密星群里埋藏它的赧颜。

·飞白 译

知识卡片 跨越一生的单恋，留下这首著名的情诗

叶芝的这首情诗赠给了一位名叫茅德·冈的爱尔兰女演员，当时叶芝是阿贝剧院的负责人，茅德是剧院里的一名成员。叶芝第一次与茅德相见便深深地爱上了她，他后来在诗里这样形容自己当时的感觉：“她伫立窗畔，身旁盛开着一大团苹果花；她光彩夺目，仿佛自身就是洒满了阳光的花瓣”。不过，那时的叶芝只是把这份爱意藏在心底，因为他猜想茅德一定会拒绝自己。两年以后，茅德写了一封词义含糊的信给叶芝，他读了欣喜若狂，以为这封信正是茅德心意的寄托，于是立刻跑去向心中的女神告白，甚至连求婚的话都说了出来。可是，这一切只是个美丽的误会，茅德拒绝了他，只愿和叶芝做普通朋友。此后的几十年里，叶芝从未停止过对她的追求，光是求婚的次数就有三次之多。最后一次求婚时，叶芝已经五十三岁，距离他对茅德一见钟情的日子已过去了整整三十年，可惜依旧没有得到肯定的回答。

里尔克：奥地利有音乐，还有我的诗

◇◇◇◇◇◇◇◇◇◇◇◇◇◇◇◇◇◇◇◇◇◇◇◇

里尔克（1875—1926）

奥地利诗人、小说家。他的诗歌强调人本身的个性，认为人的意义不仅在于生命本身，还在于自己做的事情和心里的情绪。此外，里尔克写诗的时候也很注重音乐感，读着仿佛能直接唱出来似的，使用的比喻也非常新奇，这些特点对二十世纪西方诗歌的发展产生了很大影响。由于患上白血病，他在比较年轻的时候就去世了，留下的主要代表作有诗歌作品《定时祈祷文》《图像集》《杜伊诺哀歌》《献给俄耳甫斯的十四行诗》和长篇小说《马尔特手记》。

◇◇◇◇◇◇◇◇◇◇◇◇◇◇◇◇◇◇◇◇◇◇◇◇

诗人故事

我叫赖内·马利亚·里尔克，我父亲以前做过军官，因伤退役以后进入铁路公司做了普通职员，和我有钱有势的叔伯相比逊色了不少，所以他一直觉得自己很不得志。他将征战沙场的愿望寄托在了我身上，因此我很小的时候就被送去军校念书了。

我在军校待了大约五年，那段日子里的疲劳与单调，将我的精神折磨得厉害。在这段时间里，我接触到了诗歌，那些优美的句子一下就打动了我的心。我渐渐意识到，自己好像天生就只能当诗人、当作家，当军人则是完全不可能的。我离开军校后转读商业专科学校，不久又中断学业回到布拉格。后来，我进入一所大学学习文学、历史学、艺术和哲学。按照父亲和叔父的意思，我该去读法律，以后从事他们眼中最体面、正派的职业，也就是军官或者律师，至于写诗嘛，当作空闲时的爱好就可以了。我想他们完全不懂我。在我心里，我的生命是该完全奉献给诗歌的，那种热情与爱，远不是“爱好”这样的词可以解释的。

后来，我离开家乡，去了德国的慕尼黑，算是真正摆脱了父亲与叔父对我的控制，能够专心致志地从事文学创作了。在慕尼黑，我写下了不少作品。经常有人说我的诗里充满了孤独感，现在想来，也许是家庭与军校生活让我变得比较脆弱敏感，我又是身处异乡，所以才经常流露出疏离与孤独吧。

1902 年，我得到了一份为艺术家罗丹写评论的工作，于是只身前往巴黎。之后的十来年里，巴黎成了我主要的根据地，我一边为罗丹撰写艺术评论，一边进行自己的文学创作，还时不时去欧洲其他国家旅行，结识了不少艺术家朋友。这样的充实生活与艺术界的一些观念，给我的写作带来了很大影响。比如说，在罗丹的影响下，我形成了“物诗”的理念，认为写作时应该排除自己的主观情绪，精准地表现客观事物，用巧妙的比喻来呈现自己的直觉。这样作者的思想与事物便融为了一体，具有很强的艺术张力。在我后来的诗歌与小说里，你们都能发现“物诗”理念的影子。

秋日

主啊！是时候了。夏日曾经很盛大。
把你的阴影落在日晷上，
让秋风刮过田野。

让最后的果实长得丰满，
再给它们两天南方的气候，
迫使它们成熟，
把最后的甘甜酿入浓酒。

谁这时没有房屋，就不必建筑，
谁这时孤独，就永远孤独，
就醒着，读着，写着长信，
在林荫道上来回
不安地游荡，当着落叶纷飞。

1902 巴黎

· 冯至 译

知识卡片 里尔克是怎样理解孤独的呢？

1902 年，里尔克写下了这首诗。诗人北岛曾经说，正是《秋日》使里尔克成为二十世纪最伟大的诗人之一。在这首诗里，你或许能读出一点凄凉、萧瑟的感觉吧，秋日带来了满地飘零的落叶，难免让人感觉心里有一种淡淡的忧愁。有学者认为，里尔克之所以选择秋日这个意象，与秋天所带有的双重性质有关系：秋天是庄稼成熟的季节，暗喻生命到达了成熟的阶段，但秋天也有着萧瑟、凄凉的意味，让人感到孤独与不安。里尔克在后半段写道“谁这时孤独，就永远孤独”。让人觉得孤独好像是摆脱不掉的，实在有些可怕。从里尔克的身世来看，他一生漂泊在许多地方，与爱人也长期分隔两地，他在许多诗句里倾诉过自己的孤独，比如“我是孤独的，但孤独得还不够，为了来到你的面前”。也许在他心中，孤独不仅仅是一种感觉或者状态，更是一种宿命吧。

佩索阿：我有七十二张面具

◇◇◇◇◇◇◇◇◇◇◇◇◇◇◇◇◇◇◇◇◇

佩索阿（1888—1935）

葡萄牙诗人、评论家。他是葡萄牙后期象征主义的代表人物，也是个非常高产的诗人，留下了一千多首作品。在写作时，佩索阿经常使用异名（也就是多个不同的笔名）来发表文章，有趣的是，他会为每个异名都编写一套身世，从外貌到衣着，一应俱全，仿佛世上真有这么个人似的。最难得的是，不同异名的写作风格也不同。佩索阿是一个比较低调的人，在生前并没有发表多少作品，还曾经写下过“我渴望默默无闻，因默默无闻而享有宁静，因宁静而成为我自己”这样的经典诗句。在他去世后，人们发现了他的遗稿，文坛才逐渐意识到这位诗人的可贵。

◇◇◇◇◇◇◇◇◇◇◇◇◇◇◇◇◇◇◇◇◇

诗人故事

我叫费尔南多·安东尼奥·诺格伊拉·佩索阿，“佩索阿”在葡萄牙语中有“面具”的意思。巧的是，我的写作的确和面具有着不解之缘——我经常使用异名来发表作品，躲在假身份的背后，可以说是在“戴着面具跳舞”。有好心的读者帮我计算过，我一共有过七十二张“面具”呢。

我的亲生父亲在我小时候便去世了，虽然继父对我非常好，但我生性敏感内敛，因此性格变得比较严谨、自闭。继父在南非工作，我就跟着家里去南非读书。在那里，我很快提升了英文水平，并尝试用英语写诗，最后甚至还取得了一个英文写作方面的奖。

与那些年少成名的才子型诗人不太一样，我直到二十四岁才渐渐在葡萄牙文坛有了点名气，而且靠的也并不是诗歌，而是一些文学理论方面的创作。评论家们注意到了我，这让我大受鼓舞。我开始试着创办自己的文学刊物，但是一连几次，我的尝试都失败了，似乎并没有多少人关注我这个新人作家的动向，刊物也就没得到什么有力的支持。

不过，我并没有灰心，而是这样安慰自己：反正写了这么多年都没有名气，大不了就这样默默无闻一辈子吧，无名意味着安宁，而安宁是对写作很有好处的状态。我开始更加频繁地用异名来写作，甚至让不同的异名之间产生了联系与纠葛。比方说，我会用异名甲发表一篇小说，隔上几天又用异名乙来评论它，再过几天，甲便在报上公开回应了乙的批评……由于我给每个异名都设计了一套完整的身世，不熟悉我的人几乎无法辨别这些人物的真假，多半会以为文坛里真有甲乙这两号人物呢！

以这样的方式，我创造出了一个庞大的“佩索阿国度”，里面有着整整七十二个不同的人物，有的被其他人尊称为大师，有的是身为医生的知识分子。他们既是虚构的，也是真实的，因为从某种程度来说，他们都是我性格的一部分，我将自己拆解，才产生了七十二个“他”。

你不快乐的每一天都不是你的

你不快乐的每一天都不是你的：
你只是虚度了它。无论你怎么活
只要不快乐，你就没有生活过。

夕阳倒映在水塘，假如足以令你愉悦
那么爱情，美酒，或者欢笑
便也无足轻重。

幸福的人，是他从微小的事物中
汲取到快乐，每一天都不拒绝
自然的馈赠！

·姚风 译

知识卡片　里卡多·雷耶斯是谁？

这首短小有趣的诗歌是佩索阿的杰作，但它最初被发表时署的名字却是"里卡多·雷耶斯"，这是佩索阿众多异名中极为重要的一个。当用雷耶斯这个异名写作时，佩索阿这样描述自己的写作状态："在一番抽象的沉思后，我在一首颂里突然采用具体的意象。"

佩索阿为自己的每个异名都设计了完整的身份与背景，雷耶斯也不例外。在一封写给挚友的信件中，佩索阿曾经这样谈论自己创造出的雷耶斯这个人：里卡多·雷耶斯于1887年出生于葡萄牙的港口城市波尔图，他是个医生，目前生活在巴西；雷耶斯个子不高，但肌肉发达，看起来十分强壮；他年轻时在耶稣会高中读书，从1919年起就一直生活在巴西；他学过拉丁语，还喜欢研究希腊文化。如果你是当时的读者，或许还真难以发现里卡多·雷耶斯其实并不存在呢！

马雅可夫斯基：我是未来主义的代表诗人

◇◇◇◇◇◇◇◇◇◇◇◇◇◇◇◇◇◇◇◇

马雅可夫斯基（1893—1930）

苏联未来主义代表诗人、剧作家。他的主要作品大多与革命有关，比如歌颂革命领袖列宁的长诗《列宁》，还有颂扬社会主义的长诗《好！》。他还曾与画家联手创作过一系列被称为“罗斯塔之窗”的作品，即为宣传画配上鼓舞人心的诗歌，起到政治宣传的效果，这在当时产生了很大影响。马雅可夫斯基的才华得到了许多苏联民众的欣赏，但他在三十七岁时便以自杀的方式结束了年轻的生命。他自杀的原因至今仍是未解之谜，有人认为他是为了爱情，也有人认为他是无法接受自己名气上的落差才做出了这样的选择。

◇◇◇◇◇◇◇◇◇◇◇◇◇◇◇◇◇◇◇◇

诗人故事

我的俄语全名是弗拉基米尔·弗拉基米罗维奇·马雅可夫斯基，你们直接叫我马雅可夫斯基就好啦。

我年轻的时候父母不怎么管我，因此走了不少弯路。那时候，有许多党派在互相竞争，各自搞了很多地下活动，我就经常跟着朋友一起去参加，结果被抓进了监狱好几次，学业也荒废了。在狱中，我读了好多的文学名著，慢慢对诗歌产生了兴趣。十八岁的时候，我考进了一所美术学院，开始学习建筑和绘画，也认识了不少青年画家。他们教会了我不少新鲜、大胆的理论，比如，有不少年轻画家认为，已经被创造出来的艺术多多少少有些陈腐了，已经不能与当下的精神兼容了，尤其是那些受人追捧的高雅艺术，其实都只是空壳子，所以，要想创作出真正有力量的作品，就不能被艺术批评的那套老规矩给束缚住，而是要追求一种“爆发”的感觉，越有冲劲儿就越了不起，至于作品的精神啦，内涵啦，只是评论家们自娱自乐的东西罢了。

在年轻的我听来，这些理论实在太酷太带劲儿了，于是迫不及待地根据它们写了几十首诗，做成了一部诗集来出版。人们读了后，都觉得这些诗太有激情、太疯狂了，我的名声也就大了起来。用评论家们的话来说，我成了“未来派诗人”的代表。很快，我写的剧本也在剧院里上演了，我甚至还出演了其中的男主角，大家都挺喜欢的。

但是，就在一切都渐渐好起来的时候，我遇见了自己生命中最重要，也最让我痛苦的一个女子。我到她家里做客，为她朗诵了自己新写的长诗。随着交往的深入，我渐渐爱上了她，她也对我的才华很是赞赏。但可惜的是，她已是有夫之妇，而且我与她的丈夫也是很好的朋友。她不愿背叛丈夫，拒绝了我的爱意，我只能看着心爱的人与自己渐行渐远。这时，我的名声也变得坏起来——有人认为，我不再是未来派诗人，而是为无产阶级摇旗呐喊的政治家了，以前追随、崇拜我的那些读者也纷纷离去。命运啊！我不被理解的痛苦，何时才是个头呢？

革命颂

冲你
遭嘘声的你
为炮口嘲弄的你
冲你
被恶毒的刺刀砍杀的你
我狂热地抬高
嗓门，压过
所有卑劣的嚎叫
吼出这颂歌
那些崇高的
“啊”
啊，野蛮！
啊，稚嫩！
啊，贫贱！
啊，伟大！
还有什么称号没落到你身上！你，
两副面孔，你又会变成何种样式？
一座宏伟的大厦
抑或一堆瓦砾的废墟？
冲煤烟包裹的火车司机
冲挖穿矿层的矿工
你虔诚地点燃香火
赞美人类的劳动。
而明天
圣罗勒
拖着教堂的椽子
将徒劳地祈求你的怜悯
你那野猪脸般六寸宽的
胸脯爆发恶魔的笑

融进克里姆林宫千年的轰鸣。
斯拉瓦号，
汽笛嘶响，半已哽住
喘息着开始生命中最后的航行。
你把水手送往
正在下沉的巡洋舰，
一只被遗忘的
小猫，
在那里咪咪。
随后
一群醉汉，醉醺醺地叫喊，
扭曲的拉碴胡，声势浩大的粗野，
在赫尔辛基，从舰桥上
你用枪托驱赶灰白头发的
海军将领——叫他们栽下，头朝下！
昨日的伤口还在做舔舐与护理
新生动脉的血液却又闪耀着光明。
之于你，非利士的庸人，
“啊，三倍的诅咒！”
之于我
一位诗人
“三倍的祝福！崇高！”

·韩昊洋 译

知识卡片 马雅可夫斯基与未来主义

这首《革命颂》是非常典型的俄国未来主义诗歌，而马雅可夫斯基正是这一流派最重要的代表诗人之一。这个流派的特点是经常在诗中宣泄对现实的不满，主张个人的权利应当得到保障，对已有的规则表达出反抗的心理。从诗歌主题来看，未来主义诗歌号召人们反对一切的传统，歌颂机器、竞争与技术。有人说，未来主义诗人是一群代表资产阶级的年轻人，用诗歌发泄着自己的消极情绪。其实，马雅可夫斯基的政治立场本来就比较摇摆不定，他年轻时支持过俄国社会民主工党，后来又主张无政府主义，最后又为无产阶级革命摇旗呐喊，恐怕连他自己都很难讲清楚自己的政治立场究竟是什么。所以，虽然一说到未来主义，就绕不开代表诗人马雅可夫斯基，但我们或许并不该用未来主义的规则去理解这位诗人。不过，这位诗人与这个流派有一点是一致的，他们都痛恨陈规，都愿意用反省的方式来看待世界。

洛尔卡：我的诗可以当歌唱

◇◇◇◇◇◇◇◇◇◇◇◇◇◇◇◇◇◇◇◇

洛尔卡（1898—1936）

西班牙诗人、剧作家。他创造性地运用西班牙民间歌谣开创了一种崭新的诗体，既方便传唱又不失高雅，因此被认为是二十世纪最伟大的西班牙诗人。洛尔卡还是“二十年一代”的核心人物之一，那是 1927 年诞生于西班牙的一个文学流派，主张学习外来诗歌的风格，大胆探索新的写作方式，对西班牙文学的发展起到了重要的推动作用。由于洛尔卡曾经写过一些带有政治色彩的诗歌，西班牙的法西斯政党对他恨之入骨，他们秘密抓捕了洛尔卡，将他带进一片橄榄树林里残忍地杀害了。

◇◇◇◇◇◇◇◇◇◇◇◇◇◇◇◇◇◇◇◇

诗人故事

我是费德里科·加西亚·洛尔卡，出生在西班牙的一个小村庄里。我父亲是位富有的地主，母亲在学校里当老师，他们对我非常宠爱。长大以后，每次在诗句里提到童年，我的语气总是温柔的，因为那是我人生中最美好的一段时光。

虽然现在我是以一名诗人的身份和你们认识，不过我小时候学的其实是音乐。我在艺术方面颇有些天赋，老师一点就通，后来参加一些文学沙龙的时候，我还会时不时露两手。至于写诗，我是在十来岁时开始对诗歌感兴趣的。在我看来，诗歌与钢琴有一个很相似的地方，那就是它们都善于承载忧郁。当琴声都托不住我心里的孤独与忧伤时，我自然而然地就写起诗歌来了。

在我二十岁出头的时候，我的祖国发生了两件大事。先是那场席卷全国的大流感，它夺去了两千多万人的生命，包括我身边熟悉的人。我很长一段时间都无法接受这样残酷的现实，只觉得一切好像是一场醒不来的噩梦。后来，西班牙工人运动爆发了，受压迫的工人们想要提升待遇，于是进行了许多次大游行。我与学校里的朋友们都支持工人群体，于是也上街参加游行，可没几天就传来学生被人开枪打死的消息。我吓了一跳，再也不敢出门去参加运动了。

这些事让我产生了离开家乡的想法，便以求学的名义向家里要了一笔钱，到首都马德里去念书。说是念书，我其实也没在学校待多久，而是经常跑去沙龙与酒吧结交朋友。在那儿，我认识了不少西班牙的风云人物，有些后来成了举世闻名的大导演，有的成了全国人民都很爱戴的作曲家。说到作曲，我就会想起自己在马德里的酒吧听到的那些民歌——在二十世纪二十年代，最时兴的大众艺术就是民歌了。不过，民歌虽然朗朗上口，但终究有点不登大雅之堂；而诗歌虽然很受评论家们的欢迎，但又不够接地气。我试着把两者融合在了一起，尽量用简单易唱的词汇写诗，而且注重句子之间的韵律，吸引了很多人传唱甚至模仿。如今你要是去西班牙旅游，或许还能听到许多酒吧歌手弹着吉他，吟唱我创作的诗歌呢。

海螺

——给纳达丽妲·希美奈思

他们带给我一个海螺。

它里面在讴歌
一幅海图。
我的心儿
涨满了水波，
暗如影，亮如银，
小鱼儿游了许多。

他们带给我一个海螺。

·戴望舒 译

知识卡片

一只海螺带来的通感

在那些文艺评论家写的专业诗评里，“通感”是一个经常出现的词，许多经典的诗歌、散文里都出现过这种手法。洛尔卡的这首《海螺》虽然很短，但却是解释通感的绝佳范本。简单说来，通感的意思就是把我们不同感官的感受给连接起来，比如眼睛的视觉、鼻子的嗅觉、耳朵的听觉，让它们相互转换，通过大脑的联想来引起不同感官之间感受的转移。在这首诗里，诗人看见了一只海螺，并写“它里面在讴歌 / 一幅海图”，一笔强调了听觉与视觉上的双重感受，而且把二者天衣无缝地连接在了一起。就这样，诗人通过短短几句话唤醒了读者的多个感官，起到了联觉的效果。洛尔卡曾经说过“诗人应是五种感觉的先知”，而且他经常运用通感的手法。下次你写作文的时候，或许也可以试着用一用哟。

惠特曼：我是“美国诗歌之父”

◇◇◇◇◇◇◇◇◇◇◇◇◇◇◇◇◇◇◇◇

惠特曼（1819—1892）

美国诗人。他被公认为美国现代诗的开山鼻祖，因为他的代表作《草叶集》是英美文学史上传统诗歌与现代诗歌的分水岭。虽然惠特曼一生中只有《草叶集》这一部作品引起了重大反响，但他靠这本诗集开创了自由体，也就是不注重诗句的韵脚与格律，而是通过短语来构成诗歌的内在韵律，自由地表达内心所思所想的诗歌写法。他总是把普通的劳动人民当作自己诗歌的主角，主张人们追求民主，并且紧紧团结在一起，这也正是美利坚民族精神的体现。

◇◇◇◇◇◇◇◇◇◇◇◇◇◇◇◇◇◇◇◇

诗 人 故 事

虽然我蓄着一把雪白的长胡须，看起来很慈祥的样子，但你可千万别管我叫爷爷或者伯伯呀！尽管已经不再年轻，但我每天都出门健走、游泳，甚至干体力活，因为生命在于运动！我叫沃尔特·惠特曼，出生在一个贫苦的农民之家，只读了几年书就离开了学校，干了好几年印刷的活儿，白天工作，晚上读书，自学了不少文学经典。快二十岁的时候，我回到家乡当起了老师。教师的活儿轻松不少，但我总觉得，这不是自己最想做的。我默默地继续读、继续学，并且开始自己写诗。要是你们读了我那时候写的东西，肯定会哈哈大笑的，因为它们实在是很幼稚。但无论如何，我算是走上写作这条道了，再也没有离开它。

几年以后，我搬去了纽约，那儿是美国文化的中心地带。我找到了一份报纸编辑的工作，与一些文化界的人物交上了朋友。我读他们写的诗，又回过头来读自己写的，发现自己的诗大多“忘了”押韵脚，也没有遵从既定的格律。也许是我从未接受过正统文学教育的缘故吧，我倒并不觉得这有什么问题，反而还觉得挺有趣的，谁说诗歌非得守规矩，不能自由自在呢？我把自己写的这些“自由诗”编成了一部集子，取名为《草叶集》，因为我写的对象——伐木工人、战场上的护士、受了伤的小兵——正和草叶一样，普通、随处可见，但又有着了不起的力量，他们就是我眼里最值得一写的人。我对士兵了解得那么清楚，是因为南北战争爆发时，我主动去前线照顾过受伤的士兵。我认为，没有什么比人的生命更宝贵，因此我在华盛顿的几所医院间奔走，一边尽心尽力地照顾伤员，一边抽出空来做些简单的工作挣钱，再把钱都花在伤员身上。两年时间里，我一共救助了大约十万名受伤的士兵，许多人直到今天都还和我保持着联系。

因为《草叶集》，我一下子出了名，就连赫赫有名的前辈诗人爱默生都知道了我的名字。记者与编辑们纷纷找上门来，想要采访或者约稿，而我却更爱躲进树林子里，因为那儿有我最钦佩的老朋友，那些永远辛勤劳动着的人。

噢，船长！我的船长！

噢，船长！我的船长！我们可怕的旅程结束了，
这船挨过了每一种折磨，我们寻求的奖赏也赢到手了，
港口就在附近，我听见了钟声，人们也全都在狂喜里，
眼睛紧紧追随着稳稳的龙骨，这船冷酷而勇猛；
　但是，噢，心！心！心！
　　噢，正在流淌的红色血滴！
　　　在我的船长躺着的甲板上，
　　　　他倒下了，凉了，死了。

噢，船长！我的船长！起来吧，听那钟声；
起来——旗子为你而挥动——号角为你而发出颤音，
花束和丝带缠绕的花环为你而来——海岸为你而拥挤，
他们为你而呼喊，为你而摇摆聚集，为你而转过来热情的脸；
　来吧，船长！亲爱的父亲！
　　这胳膊就在你的脑袋下面！
　　　这就是甲板上的某场梦吧，
　　　　你已经倒下了，凉了，死了。

我的船长没有应答，他的嘴唇苍白而宁静，
我的父亲感受不到我的胳膊，他没有脉搏，也没有意识，
这船平平安安地抛锚了，它的旅程停止了，结束了，
这胜利的船从可怕的旅程中归来，终于抵达了终点；
　狂喜吧，噢，海岸！响起来吧，噢，钟声！
　　但是，我踩着悲伤的脚步，
　　　走在我的船长躺着的甲板上，
　　　　他倒下了，凉了，死了。

·桑克 译

知识卡片 惠特曼口中的船长是谁呢？

我们可以看出，这是一首有些悲伤的诗，因为诗人一声声呼唤着船长，好像对他十分敬爱，可船长却“倒下了，凉了，死了”，再也无法抬起头来回应诗人的呼喊。这位船长其实并不是惠特曼虚构出来的角色，而是代指一位像船长那样受人爱戴的人物，那就是第十六任美国总统亚伯拉罕·林肯。这首诗写于1865年，也就是林肯被反对者暗杀的那一年；他生前领导了美国南北战争，并且废除了黑人奴隶制，让美国在平等与民主的道路上向前迈了一大步，因此他受到许多美国民众的爱戴。惠特曼虽然是白人，但他一直十分关心黑人的权益，写过许多主张种族平等的诗歌，是一位重要的平权斗士。因此，他对维护了黑人权益的林肯十分敬仰，林肯死后，他写下了这首动人的诗来表达心里深深的怀念。

狄金森：我隐居了二十几年

◇◇◇◇◇◇◇◇◇◇◇◇◇◇◇◇◇◇◇◇◇◇◇◇◇

狄金森（1830—1886）

美国女诗人。她一共写过将近两千首诗歌，但由于她淡泊名利的性格，在生前只公开发表过其中的七首。她经常在诗中探讨死亡、爱情、人的本质与信仰，这些正是二十世纪的文艺家最关注的核心问题，因此评论家们认为，狄金森对二十世纪美国诗歌起到了引导的作用，是现代英美文学的重要中心。狄金森生前的名气并不算大，人们对她的创作知之甚少。狄金森去世以后，她的妹妹在整理遗物时无意中发现了她存放在箱子里的一千多首诗稿，并将它们陆续印刷出版，人们才渐渐走近了这位天才作家的内心。

◇◇◇◇◇◇◇◇◇◇◇◇◇◇◇◇◇◇◇◇◇◇◇◇◇

诗人故事

如果你特别喜欢出去玩，肯定会觉得我是个怪人——我一生中大部分时间都待在家里，连房间都很少出，需要什么东西，就从窗口坠下一个系着绳子的小篮，让人把东西放进去，我再把篮子拉上来。

我出生在一个很典型的律师家庭里，爸爸在镇里的地位很高，是一名虔诚的基督徒，除了《圣经》，他不允许我读其他的书。到了该上学的年纪，他就把我送去了教会学校，那儿的嬷嬷与老师和爸爸一样严格。不过这样的环境并没有把我驯化成一个合格的教徒，反而催生了我的叛逆心理——凭什么说只有宗教书是值得一读的，只有虔诚教徒的一生才是值得被歌颂的一生呢。我常常躲开爸爸的监督，钻进大书房里如饥似渴地阅读，从天文到地理，什么书我都感兴趣。现在想来，我的文学底子大概就是在那时打下的。

离开学校以后，我做了几次短暂的旅行，并试着投稿了几首诗，也结识了新的朋友。唉，我那段时间的日记已经丢失了，虽然后来许多人写了长篇大论来讨论我那段时间的心态转变，可终究也没有说出个定论来，其实连我自己也很难讲清。总之，从二十几岁开始，我就不再愿意出门了，外部世界在我看来，好像只是对我写作的干扰。

后来我搬回了儿时住过的一套老房子里，过起了隐居的生活。说到隐居，你们可能会想到写《瓦尔登湖》的梭罗，可我的隐居与他不太一样，他住在湖畔边，定期与朋友们通信，而且会时不时和杂志与报纸联系，通过发表文章来告知读者自己的状况。我的隐居呢，有点大隐隐于市的味道。我和别人一样住在普通的小镇上，只是不出门罢了，也并不与谁通信，只有一两个朋友与妹妹知道我的近况。我虽然每天都在写诗，但却再也没有投过稿，因为名利并不是我想追求的东西，而外界的意见有时也是一种干扰。就这样，我过了二十几年隐居的日子。或许有人觉得，这真是病态的生活方式，人怎么能不和外界交流呢，但在我看来，只要自己过得安心，又没有伤害到别人，所有生活方式都是可以被理解的。

一日

我会告诉你太阳如何升起——

最初是一根缎带。
尖塔游动于紫水晶中，
讯息奔跑，如一窝松鼠。
山丘解开了它们的帽子，
歌雀——开始鸣唱。
于是我轻声告诉自己：
“那一定是太阳！”
但他如何落下，我不知晓。
那里似有一道紫色的阶磴，
那群黄色的男孩和女孩
自始至终在那儿攀登，
直到他们触及了彼岸。
一位牧师，穿一身灰，
缓缓放下傍晚的篱栅，
指引着群童离开。

·韩昊洋 译

知识卡片 落下是为了升起

这首诗既写了清晨的日出，又写了黄昏的日落。而学者们结合诗人的其他作品，认为狄金森的这首诗不仅描写了日出日落的自然景观，还暗指了人生的开始与终结。狄金森写过很多讨论死亡的诗，甚至有人说她有着特别的“死亡情结”。这或许是因为，她对肉体的死去一直有着很深刻的思索，在她看来，死绝不是生命的终点，对死亡的思考也并不等于对生存的逃避——相反，她坚信那些能坦然面对死亡的人，能更有意义地活着。狄金森似乎并不相信宗教中所说的天堂或是地狱，而是相信死之中也蕴含着生，就像日落并不可怕，是它成就了第二天的日出。这种辩证的生命观，在当时是很新奇的。

兰斯顿·休斯：我是“黑人民族的桂冠诗人”

◇◇◇◇◇◇◇◇◇◇◇◇◇◇◇◇◇◇◇◇

兰斯顿·休斯（1902—1967）

美国诗人、小说家、剧作家。他曾经领导了哈莱姆文艺复兴（这场复兴运动的始发地是美国纽约黑人聚居区哈莱姆，因此被称为“哈莱姆文艺复兴”，也被称为“新黑人运动”）。他主张，黑人作家们应当创作出有独立人格、有反抗精神的“新黑人”形象，对黑人文学的发展产生了深远的影响。休斯创作过很多种体裁的作品，甚至创办过好几个剧院，他的作品大多以社会底层黑人的生活为主题，表达对当时社会状况的不满。他的主要作品有诗集《疲倦的布鲁斯》、短篇小说集《白人的行径》和剧本《混血儿》等。

◇◇◇◇◇◇◇◇◇◇◇◇◇◇◇◇◇◇◇◇

诗人故事

你好呀，我叫兰斯顿·休斯。小时候，大部分时间我都是和外祖母一起度过的。我的曾祖父和外曾祖父都是白人奴隶主，而我的曾祖母和外曾祖母都是黑人女奴。在那时候，黑人与白人的地位是非常不平等的。根据州法律的规定，黑人女奴的子女世代只能做奴隶，因此我的祖父和外祖父生来便没有爸爸，只有高高在上的“主人”。听了外祖母的讲述，我心中对种族歧视充满了愤恨。然而，那些可怕的歧视不止是历史，更存在于现实生活的方方面面。只因我有黑色的皮肤，便不能去电影院，不能与白人朋友们一起玩，就连找工作也十分困难，因为老板们总是更青睐白人青年。从那时起，我便经常把心中的委屈与不甘写进诗里。

长大以后，我随父亲在墨西哥住了一段时间，后又回到美国读书。但是，我只读了一年便决定辍学，开始四处游历。可是，残酷的现实再次给了我打击：一个没有大学文凭的黑人青年，在充满了种族歧视的社会里又能找到什么好工作呢？我只能四处奔波，干些零碎的体力活，当过水手，也做过服务生。

工作的间隙里，我依然坚持着写作，写了不少诗歌。有一天，大名鼎鼎的作家林赛来到了我工作的餐厅吃饭，我意识到，也许改变命运的机会就在今天到来了！我把自己的诗抄在纸上，悄悄放在林赛的碟子旁边。他发现了诗稿，特别欣赏我的才华，还亲自朗读了其中的几首。就这样，我积累了一点名气，真正以诗人的身份步入了文坛。后来的事就显得顺理成章了，我在林赛的推荐下进入林肯大学念书，取得了文学学士的学位，又创作发表了一系列以黑人为主人公的诗歌和小说，抒发对种族歧视的不满，得到了许多读者的关注与欣赏。

渐渐地，我得到的认可越来越多，陆陆续续出版了许多作品。但我内心从来没有忘记过自己最初的身份：我是个受过压迫与欺辱，但绝不向命运低头的黑人青年！

黑人

我是一个黑人：
　黑如夜晚的黑，
　黑如我的非洲的最深处。

我是一个奴隶：
　凯撒叫我清扫门口的台阶。
　我刷洗华盛顿的靴子。

我是一个工人：
　金字塔从我的手下崛起。
　我给伍尔沃斯大厦抹过灰泥。

我是一个歌手：
　从非洲到佐治亚的一路之上，
　我都带着悲伤的歌曲。
　我做出了拉格泰姆音乐。

我是一个受害者：
　比利时人在刚果砍掉我的双手。
　他们还在密西西比用私刑绞死了我。

我是一个黑人：
　黑如夜晚的黑，
　黑如我的非洲的最深处。

·桑克 译

知识卡片

休斯的诗与爵士乐

在这首诗里，休斯写自己“是一个歌手”，一路唱着悲伤的歌曲，唱出了拉格泰姆音乐。拉格泰姆音乐是一种早期爵士乐。休斯经常在诗歌中化用爵士乐的元素、韵律与手法，比如反复和呼应，因此被称为爵士诗歌的先驱。二十世纪初期的许多爵士乐都有着这样的特点：它们以黑人对平等自由的诉求为主题，通过反反复复的吟咏来抒发悲伤、忧郁的情感。休斯便在诗歌中化用了这些特点，使诗句有着很强的音乐性，几乎可以让人直接唱出来。这样的融合有一个很大的好处，那就是利于传播，即便是文化程度不高的人也能理解诗歌的内涵，毕竟爵士乐流传在美国的大街小巷，大家对它已经习以为常了。有学者认为，这体现出了休斯的文学观：他强调创作要与大众文化、民间文化站在一起，不要总是高高在上。

《亡灵书》：写给鬼魂的“教科书”

◇◇◇◇◇◇◇◇◇◇◇◇◇◇◇◇◇◇◇◇◇◇◇◇◇◇

《亡灵书》是一部用象形文字写成的文集，编成于公元前十六世纪，被学者们认为是古埃及文献中最重要的作品之一，也很可能是人类文明中最古老的书面文学。《亡灵书》不仅有歌谣与颂歌，也有古老神秘的祷文与咒语。古埃及人用彩色墨水将《亡灵书》的内容抄写在莎草纸上，将其与死去的家人或君主一同埋葬，因此在古埃及法老的陵墓和富贵人家的墓穴里，都能找到《亡灵书》的抄本。书中多记述神的资料、对神的赞美，以及当亡灵遇见神明或鬼怪责问时应回答的话，俨然是一部写给亡灵的“教科书”。

◇◇◇◇◇◇◇◇◇◇◇◇◇◇◇◇◇◇◇◇◇◇◇◇◇◇

诗人故事

你们好呀，我来自古埃及，是一名祭司，生活在第十八王朝的早期，按照你们今天的历法来算，大约是公元前一千五百多年的时候。

在古埃及，大家都相信人的灵魂并不会随着肉体一同死去，而是会变成亡灵，进入“下界”，那里是太阳落山后在夜间经过的地方。如果亡灵能够通过下界的重重考验，就能回到自己的躯体里重获新生。为了让归来的亡灵不至于“无家可归”，我们非常重视对死者遗体的防腐处理，你们如今在博物馆里看到的古埃及木乃伊，便是我们独有的智慧结晶。为了让亡灵在下界顺利地通过考验，人们编写了专为他们打造的“教科书”，也就是《亡灵书》——里面收录了神明的资料、写给神的颂歌、对神明提出的问题的标准回答，还有护身咒语，等等。我们相信，有了这本书的帮助与保护，亡灵们一定能顺利通过考验并重获新生。

如果一名贵族去世了，他的家人便会请专人将遗体制成不会腐烂的木乃伊，并且让家中的奴隶制备一份《亡灵书》，与木乃伊一同存放在棺材里。要想制作一卷完整的《亡灵书》，需要使用许多彩墨与莎草纸，而这些材料并不是人人都能轻易得到的。家世显赫的贵族或帝王自然能承担得起，但底层百姓往往没有足够的财力来置办一套完整的《亡灵书》，但为了让家人能拥有来世，他们仍然会用有限的墨与纸抄录下其中最重要的段落，再将抄好的篇章与逝者的遗体存放在一起，希望亡灵能借助那些残片断章的指引，顺利通过下界的考验。仔细想来，有点像你们如今的学生担心考试前来不及复习整本教科书，只好尽量把书里的重点内容给划出来。我们深深相信，躯体只是灵魂居住的地方罢了，所谓的“死去”也只是灵魂要去经历一番考核，绝不意味着消逝。只要有着《亡灵书》的庇佑，每个人都可以得到永生。

牢记本身，勿昧前因

在巨屋中，在火屋中，
在清点年岁的暗夜里，
在清算岁月的暗夜里，
但愿还我我的本名！

当东方天阶上的神圣
赐我静坐在他身旁，
当诸神一一自报大名，
愿我也记起我的本名！

·飞白 译

知识卡片 为什么亡灵要记住自己的名字？

这首《牢记本身，勿昧前因》包含了对亡灵的告诫——无论去了何处、无论碰到何人，万万不可忘记自己前世的名字。古埃及人认为，名字就等同于自我，如果想要重获新生，就必须记住自己原本的名字。

古埃及人信奉“万物有灵论”，也就是说，人与万物都有灵魂，而且灵魂是不死不灭的；人们可以通过咒语来告诫、影响甚至诅咒其他灵魂，而诗歌就被认为是咒语的一种形式，或者是载体。在古代，人们的生产力和战斗力都较为低下，保护自己或他人的能力并不高，因此往往将希望寄托于对灵魂的影响上，利用咒语或诗的力量来增强自身的影响力。因此，当古埃及人深信记住本名是灵魂再生的重要前提时，他们便创作了诗歌来反复强调这一点，希望以此将影响传递给死者的灵魂，确保他们能记住本名，重新回到自己原来的躯体之中。

邵基：我是埃及诗坛“三杰”之一

◇◇◇◇◇◇◇◇◇◇◇◇◇◇◇◇◇◇◇◇◇

邵基（1869—1932）

埃及诗人，使用阿拉伯语写诗。他的早期作品多是他作为宫廷诗人时，为宫廷与王室歌功颂德所写的，后期则有了很大改变，开始专注于埃及的民族历史与解放斗争。埃及民众对他十分喜爱，将他与易卜拉欣和穆特朗并称为埃及诗坛“三杰”。邵基在创作中将阿拉伯诗歌与戏剧相融合，为埃及文学开拓了崭新的领域，他也因此成了阿拉伯语文学中近代承启派的代表诗人。

◇◇◇◇◇◇◇◇◇◇◇◇◇◇◇◇◇◇◇◇◇

诗人故事

说起埃及，你会想到什么？金字塔、木乃伊，还是一望无际的沙漠？也许在很多人眼里，我的家乡埃及还是那副数千年前的古老模样。不过，听完我的人生故事，你对埃及的印象也许会大有改观——我曾亲眼目睹，并亲身经历了埃及走向现代的过程。

我叫艾哈迈德·邵基，出生在一个贵族家庭，从小受到良好的教育，长大后主修法律，文学只是辅修的功课。现在想来，如果不是对诗歌的坚持与热爱，我多半会成为一名律师或法官，也就不能像今天这样以诗人的身份与你们相识了。后来我去法国学习法律时，读了许多西方诗人的作品，其中大作家雨果的作品对我影响很深，在我后来的许多诗歌里，都能看见他的影子。

1892 年，我完成了在法国的学业，回到埃及，成为一名宫廷诗人。之后的二十年，我一直在埃及王宫中任职，写下了许多歌颂国王与王室的诗篇。我非常注重对古代文学的传承，尝试着将古典元素用现代的手法来表现，得到了许多人的喜爱。谁知，这样风平浪静的日子随着第一次世界大战的爆发而结束了。1914 年，英国殖民者趁机废黜了原本的埃及国王，并大力扶持对他们言听计从的贵族。这一切让我极为愤慨，于是写下维护旧王室的诗歌，来抨击英国殖民者的行径。我因此摊上了麻烦，很快便被新国王逐出了王室，流放到西班牙。

但是，我并没有自此消沉，而是将这场流放当作了第二次留学，系统地钻研了阿拉伯古代的文学遗产。身处异乡的日子里，我经常在诗里写到金字塔、狮身人面像等埃及的古迹，好像这样就与家乡的距离近了一些似的。1919 年，第一次世界大战结束，我终于如愿回国，从此专事写作，不再为王室服务。那时，为了摆脱殖民者的压迫，埃及人民发起了民族独立运动，我也受到革命浪潮的感召，逐渐转变了写作的核心，开始关注阿拉伯地区人们的政治愿望，以及他们理想中的社会生活。后来，人们授予我“诗王”的头衔，我想这不仅表彰了我对诗歌的贡献，也是对我爱国情怀的奖励吧。

尼罗河

我们需要他滋润，
　　就像需要甜蜜的希望，
他的两岸一片葱茏，
　　美妙如同乐园仙乡。
他像少女般清新，
　　像传奇的勇士般雄强，
在他明镜似的水波上
　　摇曳着万道金光！

他像大海般浩瀚，
　　他用春水的泛滥
慷慨地哺育人类，
　　哺育人类的田园。
他就是饱满的麦粒，
　　他就是温暖的棉花，
他是我们欢乐的希望的
　　永远不竭的源泉！

为人类造福——
　　这是他生命的真谛，
他一视同仁，
　　灌溉每一小片土地，
不论你富贵贫穷，
　　他都给你丰饶的收成，
刚收完新麦，
　　他又在催你播种！

他永远奔流不息，
　　乍看却似浑然不动，
饱含着智慧和威力，
　　无边的黄水静静流涌；
但是一旦触怒了他，
　　浊流立刻浪花翻腾，
他将倒竖鬣毛，
　　发出雄狮的吼声。

我们需要他滋润，
　　就像需要甜蜜的希望，
他黝黑的两岸
　　像龙涎香般散发芬芳。
虽然黄水这样浑浊，
　　他却使乐园的河黯然失色，
呵，我们自古以来的哺育者，
　　神圣而浩荡的巨流——尼罗河！

·飞白 译

知识卡片 为什么将尼罗河称为埃及的“哺育者”？

尼罗河是世界上最长的河流，也是人类文明最早的发祥地之一，许多诗人在创作时都曾将它作为意象。在这首《尼罗河》中，邵基赞美其为“我们自古以来的哺育者”，从文学的角度看，这是拟人手法的体现，而从历史角度来看，尼罗河的确可以称为埃及的“哺育者”。

尼罗河每年都会经历大规模的泛滥，每次洪水退去，都会在河谷地带留下一层厚厚的淤泥，非常适合农作物的生长。有了肥沃的土壤，古埃及人种下的庄稼往往能有一年三熟的好收成。因此，邵基在《尼罗河》中所歌颂的“用春水的泛滥 / 慷慨地哺育人类”绝非夸张之谈，将尼罗河誉为“自古以来的哺育者”，也就非常恰当了。

塔拉法：我写下了阿拉伯著名的悬诗

◇◇◇◇◇◇◇◇◇◇◇◇◇◇◇◇◇◇◇◇◇◇◇◇◇

塔拉法（约 543—569）

阿拉伯诗人。他是阿拉伯文学蒙昧时期的代表诗人，也是阿拉伯语名著《七首悬诗》的作者之一。

他经常写诗歌来赞颂美酒，是阿拉伯最早的咏酒诗人之一。不幸的是，塔拉法得罪了国王，被派去送一封密函，殊不知密函中写的正是要处死他的命令，因此失去了年轻的生命。塔拉法的创作风格潇洒不羁，常在诗歌中宣扬及时行乐的精神，还热衷于描写当时各部落的风土人情与生活方式。塔拉法有一部诗集流传于世，但直到 1870 年才首次被印刷出版，他公认的代表作是《塔拉法悬诗》。

◇◇◇◇◇◇◇◇◇◇◇◇◇◇◇◇◇◇◇◇◇◇◇◇◇

诗人故事

小朋友，你有没有自己写过诗歌呢？我七岁时与叔父一起出门打猎，看见一群小鸟落在张了网的地方吃诱饵，马上就要被捉住了，触景生情，写下了自己的第一首诗歌。人们读了后，纷纷夸赞我："这个名叫塔拉法的孩子，的确有几分写诗的天分！"

我出生于贵族之家，但是在我很小的时候，父亲便去世了，他的兄弟们见我们弱小无依，便动了歪脑筋，想夺走父亲留下的财产。我当时年纪还很小，根本无法与身强力壮的叔伯们抗衡。好在阿拉伯人将诗歌看得很高，很愿意听取诗句中的告诫。于是我写下几首诗歌，告诫贪心的叔伯们不要欺负我们母子，最终取得了很好的效果。

这次胜利让我尝到了甜头，当听见人们对我的才华赞不绝口时，我不由得飘飘然起来了。倚仗着父亲留下的遗产，我经常召集同伴一起痛饮美酒，喝得大醉，说话也变得口无遮拦，丝毫不顾忌别人会怎么看待我。许多个这样放荡的日子过去后，部族里的人们不再喜欢我，他们认为我太放肆、太疯狂。以前，我每次说要请大家喝酒，便有许多的朋友来与我开怀共饮，一起寻欢作乐。但当父亲留下的遗产被挥霍殆尽，那些酒肉朋友们竟再也不与我来往，我也因为放荡的行为被逐出了部族，被迫与心爱的女子分离。

此后，我只能在荒野间流浪，回忆着以前的日子，我不禁心生悲伤，于是效仿阿拉伯大诗人盖斯，写下了自己的悬诗，也就是在赛诗会上被评为第一，写在麻布上悬挂在神庙外的诗歌。

后来，我实在厌倦了漂泊，便回到部族里乞求人们的原谅。凭借写诗的才华，我再次赢得了人们的追捧，甚至被召入王宫，过上了荣华富贵的生活。但是，我还是没能收束自己桀骜不驯的性格，写下了一篇滑稽的讽刺诗，嘲笑国王像一只母羊，并把这首诗念给我的堂兄听。不久之后，这首讽刺诗就从堂兄口中传进了国王的耳边，国王听了大发雷霆，后来的结果也就可想而知了。

我一生只关心三件事

我一直是挥金如土，
开怀豪饮，寻欢作乐。

直至族人都远远避开我，
把我当成一匹癞骆驼。

但四方的穷人并没对我翻脸无情，
那些高门大户也仍待我如同贵客。

责备我沉迷于声色犬马的人，
难道你能让我在世永远生活？

如果你无法让我免去一死，
那就让我尽其所有，及时行乐！

我一生只关心三件事，
此外，才不管死后人们如何评说：

一是不管别人如何非难，
我开怀先把美酒足喝；

再是一旦有人遇险求援，
我会飞马前去勇敢拼搏；

三是阴天里，帐篷下，
俊美的女郎会使我无比快乐。

·仲跻昆 译

知识卡片 为什么诗人如此热爱美酒？

在这首诗中，塔拉法宣称自己过着放荡不羁的生活，一向“开怀豪饮，寻欢作乐”，此生只关心三件事，而第一件就是痛饮美酒。

为什么在诗人的心中，美酒的地位如此之高呢？有学者认为，诗人对美酒的重视，很大程度上源于它的价值较高。在当时，阿拉伯人并不具备酿酒的技术，想要获得美酒，便只能从其他部落购买或者抢夺，因此量并不多；物以稀为贵，酒的价格也就水涨船高了。

当时的诗人经常一边痛饮珍贵的美酒，一边写下诗篇来对酒进行描绘与赞美，这样就产生了阿拉伯诗歌中重要的颂酒诗，从而有了咏酒诗人。

欧麦尔·本·艾比·赖比阿：我是倭马亚王朝最重要的诗人之一

◇◇◇◇◇◇◇◇◇◇◇◇◇◇◇◇◇◇◇◇◇◇◇◇◇◇◇

欧麦尔·本·艾比·赖比阿

（644—711）

阿拉伯诗人。他所处的时期被称为倭马亚王朝，是阿拉伯历史上最强盛的王朝之一。阿拉伯语就是在那一时期正式成为阿拉伯帝国的官方语言，这对诗歌的传播产生了很大帮助。欧麦尔对古体诗的传统形式进行了创新与改革，常使用对话形式叙事，语言清新明快，因此被认为是倭马亚王朝时期最重要的诗人之一。

◇◇◇◇◇◇◇◇◇◇◇◇◇◇◇◇◇◇◇◇◇◇◇◇◇◇◇

诗人故事

我猜你肯定读不准我的名字，因为它实在是又长又拗口，就叫我欧麦尔好了。在古阿拉伯，欧麦尔是个很常见的名字，光是叫欧麦尔的诗人就有三四个，可不要把其他人跟我搞混了！说来还有些不好意思，我长得非常帅，人们都夸我是美男子，都愿意把女儿嫁给我。

我自己呢，是个比较多情的人。不过，要是把我想成那种不学无术的纨绔子弟，那我可就太冤枉了——我写的诗歌与我的相貌一样，也是人人叫好。你知道，灵感来源于生活，既然我的生活总是和爱情息息相关，我写的诗自然也是如此。在我们阿拉伯，爱情一直都是诗歌的重要话题，只不过在以前的蒙昧时期，爱情诗都还比较内敛，诗人们经常把自己对情人的思念委婉地寄托在风景或别的事物上。到了倭马亚王朝时期，叙事性强的爱情诗就多得多了，有些是赞美两个青年之间爱情的忠贞，有些写的是大胆的恋爱与冒险。

我是写情诗最多的几个诗人之一，我写过一本厚厚的诗集，在里面赞美了很多女子。当我为喜欢的女孩写诗的时候，我会很仔细地描写她们的衣着、首饰，甚至是身上的香水味道，这可给那些嫉妒我的人留下了话柄，他们指责我太粗俗，只关注外表，不懂得女孩最美丽的部分是她们的内心。唉，我想，他们太古板了，性格与内心当然是最重要的，但如果一个女孩费了心思打扮自己，凭什么不能得到应有的欣赏与夸赞呢？所以我还是坚持这样子写。后来，有些人称我是“艳情诗”的代表诗人，虽然不确定这个头衔是好还是坏，不过我倒是还挺认同。人们评价阿拉伯诗歌的时候，经常用的一个词就是“冲动”，因为我们往往想到什么就写什么，我的那些“艳情诗”也是如此。不过我想，冲动也不一定就是坏事，当爱情来敲门时，冲动也许正是最本真的反应吧。

啊，请对这颗心垂怜

啊，请对这颗心垂怜！
　　一片痴情，充满爱恋，
梦呓般念着美女的芳名，
　　她的明眸总把秋波闪。

她走路是那样婀娜多姿，
　　既从容又傲慢，
像柔嫩的树枝
　　在树上摇曳、抖颤。

每当她出现在面前，
　　我的眼神就会慌乱，
直到她走远了，
　　渐渐消失，不再看见。

有一天晚上，
　　我见到了她和她的女伴，
她们悠闲地漫步
　　在“伫立处”与玄石间。

我心中正想着她，
　　她心里也把我念，
命运就做好了安排，
　　我们不期相遇在夜晚。

淑女个个多俊美，
　　苗条的腰身洁白的脸，
娴雅地轻轻移步，
　　好似羚羊一般。

她们是那样美丽，
　　美得不啻天仙，
却又庄重、温淑，
　　半含娇嗔羞红了脸。

她开口时，女伴都洗耳恭听，
　　听她倾心而谈。
她们都尊敬她，
　　听她金玉良言。

“我们总走不好‘绕行’
都因欧麦尔把心搅乱。”
一个女友对她说。
而她则对女友指点：

“好妹妹，你要把他阻拦，
让他认清我们的脸；
然后再羞答答地
对他暗送一个媚眼！”

女友说：“我已暗送秋波，
可他竟不肯靠前。”
说罢她匆匆站起，
急忙跟在我的后面。

·仲跻昆 译

知识卡片 谁说女生不能主动追求爱情？

读了这首诗你可能会觉得，欧麦尔好像有点自恋嘛，他写自己心爱的女郎也深深爱着他，还和女伴谋划着怎么吸引他。这在阿拉伯爱情诗里其实是比较少见的，因为在阿拉伯国家里，人们好像默认爱情中应该男生更主动些，如果女生主动追求爱情，人们恐怕会说她的闲话。但在诗人欧麦尔笔下，女生往往才是爱情中更主动的那一方。他很注重对人们坠入爱河时心理活动的描写，还会用很多笔墨来写女孩们爱上某个人时复杂、细微的心理变化，带有很强的叙事性。有人认为，这或许和欧麦尔的个人经历有关。他长相俊美、家境富裕，而且也很有才华，自己亲身经历过很多女子的追求，写出那些描写女孩主动追求爱情的诗歌也就很自然了。

鲁达基：我是“波斯诗歌之父”

◇◇◇◇◇◇◇◇◇◇◇◇◇◇◇◇◇◇◇◇◇◇◇◇◇◇

鲁达基（858—941）

波斯诗人。他凭借在文学与音乐方面的非凡天赋，成为萨曼王朝的宫廷诗人，受到推崇与敬仰。波斯诗歌的许多重要形式，例如霍拉桑体诗与颂诗，都是在鲁达基与同时代诗人的创作中逐渐定型的。他还创造了“鲁拜”，也就是一、二、四句押韵的四行诗，与中国古代的绝句十分相似。鲁达基创作的诗歌不仅受到统治者的高度赞扬，也广受波斯民众的喜爱。鲁达基被后世誉为“波斯诗歌之父”，在波斯文学史上有着举足轻重的地位。

◇◇◇◇◇◇◇◇◇◇◇◇◇◇◇◇◇◇◇◇◇◇◇◇◇◇

诗人故事

我的全名长得不可思议，听起来简直让人头脑发晕，所以还是直接叫我鲁达基好了。

我生活在古老的波斯，它在你们如今所说的中亚地区，离中国并不遥远。从出身来说，我远远算不得幸运。我出生于贫困的农民之家，好在我从小就很聪明，八岁时便能吟诵晦涩难懂的《古兰经》，而且有着婉转嘹亮的歌喉，人们都很喜欢我。青年时，我四处游历，与各种各样的人打交道，积累了丰富的写作素材。我写下了许多脍炙人口的诗篇，逐渐有了些名气，因此被召进王宫，成为一名宫廷诗人，最重要的职责就是为王室创作赞歌。但我却不愿一味地讴歌赞美那些帝王，因为在游历四方时，我与许多穷苦的百姓交过朋友，他们贫困的生活与王室的锦衣玉食形成了鲜明对比，让我震撼又痛心。因此，我经常用诗句犀利地揭露社会的不公，指责富贵者的无情。可惜的是，我的许多诗篇并没有被广泛传播，也没能被悉心保存，时至今日，能与你们分享的只剩下一些残篇断章了。

萨曼王朝是中亚乃至世界最强大的王朝之一，而我曾经凭借一支妙笔，“挽救”了这个了不起的王朝。有一年，萨曼王朝的国王纳斯尔去一个名叫赫拉特的地方巡视，他一下子就被那里秀丽的风景给吸引住了。那里不仅气候宜人，还有着醇香的葡萄酒，迷得国王乐不思归，一住就是四年之久，怎么也劝不回来。留在首都的臣子们不知该怎么办才好，于是向我求助。我便挥笔写下了一首优美的诗歌，将首都布哈拉比作少了月亮的天空，并吟唱给国王听，一下子就打动了他的心。他听完诗歌后，连马靴都没来得及穿，就急急忙忙地动身回王宫了。

然而，世事难料，随着我逐渐年迈，那些赏识我的贵族们风光不再，萨曼王朝的新君主也不再喜欢听我吟诵的诗篇。最后，我被赶出那生活了数十年的王宫，永远告别了荣华富贵的日子。由于双目失明，年纪也很大了，我只能带着手杖与饭囊沿街乞讨，在困苦与凄凉中度过了余生。

每每有清风从布哈拉吹来

每每有清风从布哈拉吹来，
都带着阵阵麝香和茉莉馨香。

人人沉醉其中又不禁发问：
“这宜人清风可是从和田而来？”

不不，和田的风怎会如此美妙？
这风定是从我的爱人身边吹来。

我夜夜望向也门祈祷你的出现，
只因你是也门上空闪耀的老人星。

爱人啊！为了不玷污你的尊名，
我决意将它深埋心底绝口不提。

岂知这番心意根本无法掩藏，
甫一开口说出的便是你的姓名。

·贾斐 译

知识卡片 什么是霍拉桑体诗？

鲁达基是霍拉桑体诗的奠基人，影响了后世许多诗人。这首《每每有清风从布哈拉吹来》是鲁达基写给情人的爱情诗，便是比较典型的霍拉桑体诗。

霍拉桑是一个地名，位于今天伊朗的东北部。萨曼王朝时期，生活在霍拉桑地区的诗人们发展出了非常相似的艺术特点，久而久之，也就形成了霍拉桑体。霍拉桑体诗的特点是叙事简明，用语朴实，很少使用华丽的修辞，也不在诗歌中滥用科学名词与阿拉伯词语。在传统的波斯诗歌里，我们往往会发现大量的铺排与晦涩难懂的词汇，但在这首诗中，鲁达基的用词平实质朴，即便是小朋友也能读懂，这体现了霍拉桑体诗用语平实的特点。值得一提的是，这首波斯诗歌里所说的“和田”，正是我们中国新疆和田地区，在古代和田便因美玉和麝香而闻名。

麦阿里：我是阿拉伯诗人中的哲学家

◇◇◇◇◇◇◇◇◇◇◇◇◇◇◇◇◇◇◇◇

麦阿里（973—1057）

阿拉伯阿拔斯王朝时期的文学家、思想家。麦阿里一生写下过许多作品，据说共有七十多部，既有诗歌、散文，也有关于哲学和伦理的论著，但大部分作品都已失传，现在存世的代表作有《宽恕书》《章节书》《燧火集》等。麦阿里在阿拉伯人民心目中的声望很高，他的作品大多描写社会现实，鼓励人们多重视道德、追求理性，而且富有哲理，被誉为“哲学家诗人”，对后来的阿拉伯诗歌产生了很大影响。

◇◇◇◇◇◇◇◇◇◇◇◇◇◇◇◇◇◇◇◇

诗人故事

你好，我叫艾布·阿拉·麦阿里，出生在叙利亚的一个小镇上。说起我的童年，幸运与不幸总是交织在一起。幸运的是，我出生于本地的名门望族，算是个贵族子弟；不幸的是，我在很小的时候染上了天花，因此双目失明，脸上也留下了丑陋的疤痕。

不过我特别聪明，在父亲的支持下，我跟着镇上最有名的语言学家学习，掌握了很多关于语言的知识，这对我日后钻研文学帮助很大。我学得很快，镇子上的老师渐渐不能满足我旺盛的求知欲了。于是我拄着拐杖走去其他地方求学，每到一座新的城市，我都会拜访各个学术机构和图书馆，和当地有名的学者交流，如饥似渴地汲取学问。正是这段时间的游历，我接触到了古希腊的哲学思想，大大拓宽了眼界。

当时，文化氛围最浓的莫过于巴格达了，它不仅是帝国的首都，也是东西方文化的交会之地，在年轻的我心中，说是求学的梦幻之地也不为过。但是，当真正走进了这处梦幻之地，我却发现，一切似乎并不如自己预想的那样美好。我积极地参加了许多文学集会，并且与许多有名气的学者交上了朋友。但若想凭借才华崭露头角，还远远不够。我逐渐意识到，要想得到赏识与资助，我唯有写下歌功颂德的赞美诗来讴歌统治者，才能换得荣誉与地位。这与我治学的理想是不相符的，我不愿为了功名利禄，变成一味歌颂帝王的人。而且，我与几名极有权威的学者产生了分歧，他们并不认同我的观点，我因此遭到排挤。在巴格达居住了一年多后，我最终决定回到自己的家乡。在归途中，我听到母亲去世的消息，这令我无比悲痛，又非常后悔，也许当初自己根本不该踏上前往巴格达的旅途！

我回到了家乡，那名叫麦阿拉努阿曼的小镇，自此开始了苦行僧般清苦的独居生活。我将自己关在家中，不再出门与人交际。但因为我的才学在本地有些名气，所以不少年轻人来叩我的家门，希望拜我为师。我觉得当老师也不错，于是就接受了他们的请求。就这样，在传授知识和闭户著书中度过了我的晚年，如今我留存下来、能被你们读到的多数作品，都是在这些年里写成的。

咏烛

它似我，尽管岁月多艰，
光灿灿，仍如黄金一般。
虽在消亡，却总是让人看到笑脸，
对自己的遭际是那样坚强、勇敢。
若能开口，它一定会说：
“你们以为我是怕死才泪水不断，
其实，我哭并非由于悲伤，
欢笑有时也会泪流满面。”

·仲跻昆 译

知识卡片

为什么麦阿里认为自己像一支蜡烛？

有学者认为，《咏烛》这首诗体现了一种昂扬的生命意识，具有很高的艺术价值。在这首诗的第一句，麦阿里便这样咏叹："它似我，尽管岁月多艰"。仔细想来，麦阿里的人生际遇与蜡烛的确很相似。蜡烛的特点是燃烧自身，为人们带来光亮，而麦阿里晚年为许多年轻人授课讲学，传播了知识，也可以说是给人们带来了光明。

麦阿里幼年双目失明，一生不曾受到统治阶层的赏识，实属“岁月多艰”，但他依然潜心治学、坚持写作，留下了许多富有哲理的作品，它们“光灿灿，仍如黄金一般”。“虽在消亡，却总是让人看到笑脸”这一句采用了托物言志的手法，暗指麦阿里在险恶境遇里的洁身自好——在巴格达游学时，功名利禄也不能使麦阿里放弃自己治学为人的准则。这样看来，麦阿里以蜡烛自比，确实很符合他的人生际遇。

海亚姆：我推动了鲁拜体诗歌的发展

◇◇◇◇◇◇◇◇◇◇◇◇◇◇◇◇◇◇◇◇◇◇

海亚姆（1048—1131）

波斯诗人、数学家、天文学家，精通哲学与医术。他创作了许多四行诗，将鲁达基创造的“鲁拜”发展得更为成熟。海亚姆在世时，他的诗歌并不出名，反倒是他作为天文学家与数学家的成就更为人所知——他提出了解三次方程式的理论，著有数学专著《代数学》，还修订了波斯历法，甚至做过宫廷里的御医。到了十九世纪，英国诗人爱德华·菲茨杰拉德发现了他的作品，将他的诗歌翻译成英语并加以注解，《鲁拜集》才开始有了世界性的影响。

◇◇◇◇◇◇◇◇◇◇◇◇◇◇◇◇◇◇◇◇◇◇

诗人故事

我是欧玛尔·海亚姆，由于翻译的缘故，叫我“莪默·伽亚谟”也可以。今天能以诗人的身份与你们相见，实在是太令人惊喜了——要知道，我曾经被波斯朝廷视作眼中钉，谁印刷我的诗歌可是要被杀头的。好在我的学生与朋友们悄悄抄写下了我的诗，并妥善地保管着抄本，留存到了今天供你们阅读。

其实，写诗并不是我年轻时的志向。我从小在波斯著名学者的门下求学，后来研究的是哲学、数学与天文学。你们上数学课，总归会听到“三次方程式”这个词，而我正是世界上第一个提出这种方程式解法的人。虽然有些数学家认为，我并没有对自己的理论进行充分证明，但在中东，大家都承认我是数学几何方面的大师。到了二十几岁时，我当上了观察天象、制定历法的官员，主持修建了一座天文台，还修订了波斯历法。

我能静下心来做学问，并取得这么多成果，全要倚仗苏丹（也就是最高统治者）与宰相的保护。但十多年后，宰相遇刺身亡，苏丹也突然因病离世，我失去了朝廷的保护，又遭到宗教势力的迫害，只能回到家乡去做讲学的老师。我从此开始隐居，并创作了大量的诗歌，其中数量最多的就是鲁拜。

在诗中，我经常将哲思融入到对自然景物的描写里，或者是歌颂自然生活的美好，批判宫廷中的奢靡放荡——我虽然主张人们要重视现世享受，但我所理解的享受更多是精神上的愉悦，而不是物质上的奢侈。虽然我的晚年穷困潦倒、受到迫害，但我的诗歌至今还可以被你们读到，这就很让我欣慰自豪了。

只要你的体内还流淌着热血

只要你的体内还流淌着热血，
就不要试图摆脱命运的囚牢。
面对再勇武的敌人也不要求饶，
更不要低头接受他人的施舍。

自降生起我便沉醉不能自已

自降生起我便沉醉不能自已，
尊贵的盖德尔夜也无法令我清醒。
双唇紧贴杯口，胸前挂着酒罐，
我夜夜手握杯颈直到天明。

·贾斐 译

知识卡片 什么是鲁拜？

这两首小诗选自《鲁拜集》，鲁拜是古波斯的一种诗歌体裁，每首鲁拜只有四行，其中第一、二、四行押韵，节奏明快紧凑，很像我们中国古代的绝句诗。除了押韵以外，鲁拜体诗的用词也很精练，因此常常作为警句在民间流传。

这种体裁最早出现于十世纪的波斯，由被誉为"波斯诗歌之父"的鲁达基创造，不过人们普遍认为，是海亚姆将鲁拜真正发展并推广了开来。诗人们经常写鲁拜来表达某种情感，或说明某种哲学道理，比如这里的第一首，鼓励人们即便是碰到了"再勇武的敌人"也不要放弃，即便遇到最慷慨的富豪也不要接受周济。而第二首则以"美酒"这一波斯诗人最喜爱的意象来指代现世的享受，写诗人自己在众人皆醉的盖德尔夜喝得大醉酩酊，表达了海亚姆及时行乐，享受当下的主张。

哈菲兹：我是波斯古典诗坛的代表诗人

◇◇◇◇◇◇◇◇◇◇◇◇◇◇◇◇◇◇◇◇◇◇◇◇

哈菲兹（1327—1390）

波斯诗人，擅长写抒情诗，诗歌大多表达对个人自由的追求，抨击当时宗教的伪善行径，也经常赞颂爱情与现世的幸福，对波斯抒情诗的发展产生了重大影响，被誉为波斯古典诗坛“四大支柱”之一。德国大诗人歌德对哈菲兹极为推崇，写下过许多模仿并致敬哈菲兹的诗句，还称自己的愿望便是做他“信徒中唯一的信徒”。在继承了波斯文明的伊朗，哈菲兹是最有影响力的诗人之一，收录了他的代表作的《哈菲兹诗集》是伊朗再版次数最多、发行量最大的一部文学作品。

◇◇◇◇◇◇◇◇◇◇◇◇◇◇◇◇◇◇◇◇◇◇◇◇

诗人故事

如果你是个名声赫赫的大诗人，有好几位国王热情地邀请你住进他们的王宫，承诺要送你华丽的衣裳、数不清的财宝，你会怎么应答？谁要是严词拒绝，那可真是个怪人。而我，便是这样一个“性情古怪”的人物。

我叫哈菲兹，在我很小的时候，父亲便去世了，母亲无力支持我继续上学，我便去一家面包店打工来补贴家用。面包店旁有一所学校，我经常偷空去学校里学习，并在那里认识了一位学识渊博的长者，他十分喜爱诗歌，我也因此受到熏陶，开始创作诗歌，而且越写越好，渐渐地有了名气。我在二十岁时，已经成了城里很有名气的年轻诗人，就连王室与贵族都对我非常赞赏。

当时，最强大、最富裕的地方莫过于巴格达和德里了，这两个城市的统治者读了我的诗歌后，都极力邀请我去他们的王宫里做宫廷诗人，也就是去为他们写赞美诗。正如一开始我告诉你们的那样，我一口回绝了他们的邀请。我坚信，自由是一切诗歌的灵魂，如果进入了宫廷，我难免要听从国王的意志，那样会违背我做人的准则。因此，我一生没有为任何王公贵族服务过，也从未离开过自己的祖国。

“自由”这两个字是我的人生信条，我的许多作品都是围绕这个主题来写的。不同于那些为贵族们歌功颂德的诗人，我蔑视权贵，反对统治者的暴虐与贪婪。而且，我一直坚信，穆斯林们信奉的真主是纯洁、高尚的，但有的人却假借真主的名头，搜刮钱财装进自己的腰包。我写下许多诗篇来抨击这些伪善的人物，说他们虽然穿着袍子，长袖里却满是肮脏的污垢。

后来，一支强大的军队征服了我的家乡设拉子，我只能拿着一只碗四处化缘来生活。我的两个孩子都已病死，妻子也先我而去。我的晚年，就是这样在贫困与悲愤中度过。

心儿啊切莫悲伤（节选）

心儿啊切莫悲伤，迷路的优素福终将返回迦南，
心儿啊切莫悲伤，凄凉的茅屋他日会变成芳园。

心儿啊切莫悲伤，若不丧失希望总会时来运转。
心儿啊切莫悲伤，今日的心烦意乱终将烟消云散。

夜莺啊切莫悲伤，春天终将再次降临这片原野，
大地恢复生机，你将再次在花丛林荫下婉转歌唱。

岁月车轮悠悠向前，总有一两日世事不如你所愿，
心儿啊切莫悲伤，转瞬之间不如意之事便会过去。

心儿啊切莫失望，帷幕之后隐秘的世界正在运转，
你又怎知世事将如何诡谲变幻，心儿啊切莫悲伤。

心儿啊，若涛涛寂灭洪水意欲将你吞没，
切莫悲伤，面对风暴努哈也会为你护航。

你既已决定穿越沙漠，前往心中的天房，
即便被刺扎痛双脚，心儿啊也不要悲伤。

心儿啊切莫悲伤，人生之路虽漫长凶险，
但所有的道路，都会有走到尽头的一天。

心儿啊切莫悲伤，虽与恋人分离横遭阻隔，
但掌控世事的主，又怎会不知你所遭的苦。

·贾斐译

知识卡片 嘎扎勒诗体的特点

这是一首嘎扎勒。嘎扎勒是一种抒情诗体，创始者是波斯诗人萨纳依。一首嘎扎勒体诗一般包含五到十五个联句(也就是双行诗)，每行诗的长度没有严格规定，一整首诗会押同一个尾韵，而且往往会用第一人称“我”来抒发情感。这种诗体的一大特点，便是诗人常会在最后一两个联句中写自己的名字。后世学者认为，哈菲兹是最成功地运用嘎扎勒诗体的抒情诗大师。他经常以这种诗体来歌颂爱情、美酒与鲜花，表达自己追求精神自由与独立人格的人生态度。

纪伯伦：我喜欢歌颂爱与美

◇◇◇◇◇◇◇◇◇◇◇◇◇◇◇◇◇◇◇◇

纪伯伦（1883—1931）

黎巴嫩诗人、散文家、画家，长期在美国生活，用英语和阿拉伯语写作。在旅居国外的阿拉伯人中，纪伯伦是文学界的领袖人物，也是阿拉伯近代文学重要的奠基人之一。他在写作时非常注重对情感的表达，喜欢通过浪漫的文字来表达冷静、理性的哲思。纪伯伦的作品多以爱和美为主题，带有强烈的东方色彩；他将阿拉伯人偏爱豪迈的性格和西方文化的深邃沉思相结合，创作出了独具一格的作品。有文学评论家称他的作品是“东方赠给西方的最好礼物”。他的代表作有《先知》和《沙与沫》等。

◇◇◇◇◇◇◇◇◇◇◇◇◇◇◇◇◇◇◇◇

诗人故事

你好，我叫纪伯伦·哈利勒·纪伯伦，出生在黎巴嫩北部的一座叫卜舍里的小镇。你也许没有听过黎巴嫩这个国家，它被叙利亚和以色列夹在中间，是中东最早受到西方文化影响的地方之一。我的母亲便是一名基督徒，所以我从小耳濡目染，了解了很多西方文化。

十二岁时，我跟着母亲离开了家乡，去往传说中遍地是黄金的美国。当时，母亲一人带着我们四个孩子，收入十分微薄，日子过得紧巴巴的。三年后，为了学习阿拉伯民族的文学与历史，我决定独自回国求学。等我学成归来，再次在美国与家人团聚时，不幸却降临到了我的家中，在不到一年的时间里，小妹与哥哥都因病去世，而被我当作爱与美的化身的母亲，也在痛苦中离开了我。之前为了给他们治病，家里欠下了巨额的债务，之后的五年里，我不停地写作、画画，靠着微薄的稿费还清了债款。

1908 年，我坎坷的人生终于出现了转机，一位女校长资助我前往欧洲学习绘画。在法国留学时，我得到了大雕塑家罗丹的欣赏，他甚至这样预言：“这个阿拉伯青年会成为伟大的艺术家。”这给了我极大的鼓舞。学成以后，我再次回到了美国，在纽约从事绘画与写作方面的工作。

渐渐地，我有了一些名气，成为阿拉伯侨民文学界中的重要人物。当旅居美国的阿拉伯作家们成立笔会时，大家推举我为会长。我在小说和诗歌里创造了许多单纯、浪漫的形象，我常常借他们之口，倾诉自己反对传统的立场。我对东方社会的古板和迂腐恨之入骨，对西方社会的冷酷也毫不留情地揭露，并且将两边的优点结合起来，写出了风格独特的作品，一些美国的评论家因此称我为“站在东西文化间桥梁上的人”，把我与印度的泰戈尔和你们中国的鲁迅放在一起来评说。

虽然我一生中在黎巴嫩度过的时间并不算长，祖国却一直在我心中有着最重要的位置。四十六岁的时候，我的健康状况急剧恶化，可能时日无多了，所以立下遗嘱，将自己的一部分财产与画作赠送给卜舍里小镇——那个我一生都怀念、热爱着的地方。

我的心曾悲伤七次

第一次，当它本可进取时，却故作谦卑；
第二次，当它在空虚时，用爱欲来填充；
第三次，在困难和容易之间，它选择了容易；
第四次，它犯了错，却借由别人也会犯错来宽慰自己；
第五次，它自由软弱，却把它认为是生命的坚韧；
第六次，当它鄙夷一张丑恶的嘴脸时，却不知那正是自己面具中的一副；
第七次，它侧身于生活的污泥中，虽不甘心，却又畏首畏尾。

·冰心 译

知识卡片 什么是散文诗？

这首《我的心曾悲伤七次》出自纪伯伦的散文诗集《沙与沫》，是他最负盛名的作品之一。那么，什么是散文诗呢？顾名思义，散文诗是诗歌与散文的结合体，融合了两者的特点，是一种近代才逐渐成型的新文体。

从内容来看，散文诗既保留了诗的情绪与意境，又像散文那样有细节性描写，题材也包罗万象。从形式来看，散文诗不用拘泥于押韵、换行的规则，既可以像诗歌一样一句一行，也可以像普通的文章那样浑然一体。

纪伯伦经常通过散文诗来咏物抒情，他不太注重对情节的刻画与对细节的描写，而是主张诗人们应当勇敢地弘扬理性，表达思想，正如他为笔会设计会徽时，在徽章上写下的警句："上帝座下有宝藏，诗人之舌是钥匙。"

尼玛·尤什吉：我开创了伊朗的自由体诗

◇◇◇◇◇◇◇◇◇◇◇◇◇◇◇◇◇◇◇◇

尼玛·尤什吉（1897—1961）

伊朗诗人，通晓历史与哲学。他是伊朗现代诗歌革新派的代表人物，也是伊朗自由体诗歌的创始者，一生倡导诗人们摆脱格律与教条的束缚，自由地表达情感、安排意象。他提出的意见在当时曲高和寡，没有得到主流诗人群体的认可，直到1946年以后，自由体诗歌才开始得到认可并逐渐盛行。他主张诗歌应当贴近现实生活，反映百姓的苦难。他的代表作有《啊，夜色》《兵士之家》等，对伊朗现代新诗的创作产生了深远的影响。

◇◇◇◇◇◇◇◇◇◇◇◇◇◇◇◇◇◇◇◇

诗人故事

我是尼玛·尤什吉，出生在伊朗的一个小村庄里。如果你翻开一本讲述伊朗文学史的厚书寻找我的名字，你会发现一大串前缀——奠基人、创始者、传奇诗人，听起来高高在上的，很是威风。但是，我的一生中有很长时间其实是不被理解的。学者们经常用一个词来形容我，那就是曲高和寡——如果一支曲子的调子太高深，就很少有人能跟着唱，而我提出的诗歌理论正像一支调子过于高深、前卫的乐曲，在很长一段时间得不到人们的理解。

我年轻时在伊朗的首都德黑兰求学，受到了外国文学的熏陶。其中，法国浪漫主义诗人对我的影响最深——他们的语言热情、奔放，使用夸张的修辞，尽情地倾诉着自己内心的情感。这与伊朗诗歌保守、内敛的风格完全不同，伊朗的传统诗歌对格律有着很高的要求，有些诗体甚至规定了每一行的具体字数，诗人们创作时受到诸多限制，很少能尽情地抒发情感。到了二十世纪三十年代，欧洲文学的浪潮涌入中东，其中影响最大的当属后期象征主义，它的特点是抒发作者心中最真实的情感，但是并不直接表达，而是用象征的手法来暗示读者，这在当时的伊朗是非常新奇的。在这样的情况下，我做出了一个大胆之举，写了一系列完全“自由”的诗歌，它们的语言非常平实，语气就像人们每天说话交谈那样，丝毫不像传统诗歌那样艰深晦涩。但是这些诗歌并没有得到人们的欣赏，其他诗人也不理解我的作品，我觉得自己很孤独，这种心情也影响了我的写作。现在回头读那时候的作品，风格也是犹豫的，充满了孤独寂寞的心绪。

1946年开始，情况发生了转变。随着欧洲文学对中东的影响越来越大，人们逐渐意识到，古典格律诗已经不再能适应时代的要求，百姓们也的确需要一种更平易近人的文学来抒发自己的所见所思。诗人们将我之前创作的诗歌称为“自由体”诗，并开始对其进行模仿、改造，伊朗新诗的风格也就这样逐渐成熟了起来。我年轻时歌唱的“高曲”，终于等到了美妙的和声。

月光流淌

月光流淌
萤火虫闪亮
人们的睡梦没有一刻破碎，然而
为这几许沉睡之人着想
睡梦在我湿润的眼睛上破碎

期待伴随我站立到黎明
清晨想通过我
把它的光临传递给丧失意志的睡众
却难以如愿
我的旅行在路上破碎

一株纤细的花儿
我用心灵将它种植
用心灵将它灌溉
太可惜啊，它在我身旁破碎

我磨破双掌
想让门开敞
我徒然守望
来到某人门前
他的门墙已经倒塌
在我的头顶破碎

月光流淌
萤火虫闪亮
因长途跋涉而起泡的脚停留
在村口一个孤身男人

肩扛着行囊
手放在门上，自言自语：
为这几许沉睡之人着想
睡梦在我湿润的眼睛上破碎

·穆宏燕 译

知 识 卡 片 伊朗诗人如何描写月光？

对我们中国读者来说，“流淌”这样的动词用在月光上似乎并无不妥，因为早在唐代，诗人赵嘏就写出了“月光如水水如天”这样的优美诗句，将月色的柔和与动感贴切地表现了出来。但是，对于伊朗诗人来说，这却算得上是另辟蹊径的写法了，因为在传统的伊朗诗歌里，对月光常见的比喻是“樟脑粉末”——它形容了月光倾泻在地上，一片银白色的美丽景象。但是，樟脑粉末毕竟是固态的、静止的，难以体现出月光特有的空灵、透明的感觉，也不能体现出月光轻盈的动感。有学者认为，尼玛·尤什吉将《月光流淌》作为这首诗的题目，凸出了夜幕降临后月色洒满大地，自在而没有边际的景象。首次使月光这个意象“动”了起来，对伊朗诗歌来说是值得被纪念的突破。

迦梨陀娑：我是印度“诗人之王”

◇◇◇◇◇◇◇◇◇◇◇◇◇◇◇◇◇◇◇◇◇

迦梨陀娑（生卒年不详）

印度古代诗人、剧作家。他具体的生卒年至今都还是个谜，但从目前的史料来看，迦梨陀娑大约生活在四到五世纪的笈多王朝时期，也就是印度历史上的第一个封建王朝，被称为“印度的大唐盛世”。一般来说，公认由迦梨陀娑创作的作品共有七部，不过被算在他名下的作品足有好几十部，大多是别人假托他的名字写的。可以确定是他本人创作的诗集有叙事诗《罗怙世系》《鸠摩罗出世》，抒情长诗《云使》，抒情短歌集《时令之环》（又译作《六季杂咏》），剧作有《沙恭达罗》《优哩婆湿》《摩罗维迦与火友王》，大多具有很强的音乐性，迦梨陀娑也因此被认为是梵语古典文学作家的杰出代表，也被称为“诗人之王”。

◇◇◇◇◇◇◇◇◇◇◇◇◇◇◇◇◇◇◇◇◇

诗人故事

我是迦梨陀娑，生活在印度古代的笈多王朝。在印度，我的名气可是很大的，你要是去问人们：“你们印度的诗人之王是谁？”他们一定会报出我的大名。我的名字里藏着很大的玄机。“迦梨”是印度教中一个女神的名字，意味着最高存在或生命的起源，传说如果谁反复默念她的名字，就能得到特殊的能力，“陀娑”则有奴隶的意思，所以我的名字可以翻译为“女神的奴仆”，听起来很有宗教意味。关于我的生平，有个流行的说法是，我原本是个砍木头的愚人，在迦梨女神的帮助下得到了取之不尽的灵感，才写出了这么多的长诗，成为国王宫廷里的“九个宝贝”之一。你听了也能感觉到，这完全是根据我的名字胡诌出来的嘛。

既然我的生平扑朔迷离，我们还是聊聊我的诗吧。我是用梵语写作的，印度的古典梵语诗歌可以被分为两大类，也就是“大诗”和“小诗”。大诗指的是叙事诗，一般取材于印度的两大史诗（也就是《摩诃婆罗多》和《罗摩衍那》）、神话或者历史传说，虽然文风非常华丽，但大诗的内容都比较无聊，无外乎打打杀杀或政治上的变迁。小诗就不一样了，一般都是抒情诗，比较注重诗人内心的情感，题材也更生活化一些。我写过两部大诗，虽然题材比较老套，但我的文辞很是优美。不过我自己最自豪的作品，还要数抒情短歌集了。我最常用的手段，就是把诗歌的情景设置在古代神话里，然后用一种温柔的、注重细节的笔调来描写哀伤或者忧郁的情绪。有人说，我的诗歌有着一种特别的阴柔之美，这大概和我青睐表达哀伤有一点关系吧。

除了诗歌以外，我还爱写戏剧。和许多宫廷诗人一样，我与王公贵族们交往很密切，我作品的头一批读者也大多是他们。所以，我的戏剧作品往往描写贵族家庭的生活，或者是歌颂统治者的功德。你读起来可能会觉得很无聊，因为它们有时通篇都在夸赞某个国王的英明，不过对我们宫廷诗人来说，这也是获得舒适生活所要付出的代价。

·郭沫若 译

秋

秋天来了，一个佳丽的姑娘
　　袅娉而端庄，
翘摇的稻梗——发间，
　　睡莲之花——脸上。
野花烂漫为衣，
　　群鸟随之徜徉，
群鸟之乐洋洋，
　　犹如环佩之鸣锵锵。

华冠璀璨
　　耀繁星之夜景；
绢衣皎洁
　　乃月光之泛出云屏；
朗月的面孔
　　有迷人的笑影；
她像一个袅娉的姑娘，
　　刚要到成熟的年龄。

稻田上黄熟的稻草
　　随“微风”而飘摇；
在它那活泼的抚抱之中
　　戴花的树木舞蹈；
它吹皱一一的莲池，
　　莲花儿吻接而又分了，
管教少年人的痴心
　　为爱人儿甜蜜的想象潦倒。

知 识 卡 片

梵语文学的古典时代

迦梨陀娑被誉为梵语古典文学的代表作家之一，这首《秋》出自他的抒情短歌集《时令之环》，从中能看出诗人创作的一些特点。

在古典时代之前，印度诗歌是比较古板的，虽然题材上包罗万象，但视角似乎普遍比较“大”，比如说，诗人会从宏观历史的角度去分析问题或抒发情感，少了一些生活化的表达。古典时代打破了这一成规，涌现出很多书写社会生活与个人思想的作品，迦梨陀娑就是其中很典型的一个诗人。

这首《秋》的视角并不宏大，而是非常生活化的，语言也比较俏皮，比如一开头诗人就把秋天比作“一个佳丽的姑娘”，用词很接地气；而且这首诗的修辞手法也很多样，既有比喻，也有拟人，这在古典时代以前也是比较少见的。

泰戈尔：我是亚洲首个诺贝尔文学奖得主

◇◇◇◇◇◇◇◇◇◇◇◇◇◇◇◇◇◇◇◇◇

泰戈尔（1861—1941）

印度诗人、作家、教育家、社会活动家。他留下的作品数量很多，共有六十多本诗集、一百多篇短篇小说、十多部长篇小说、六十多个剧本以及大量的书信与散文。除了写作，泰戈尔还很擅长作曲和绘画。他创作的歌曲《人民的意志》后来被定为印度的国歌。他使用孟加拉语写作，代表作有《飞鸟集》《新月集》《吉檀迦利》等。他的作品具有明显的印度民族主义风格，反映了印度人受到的种种压迫，以及他们渴望改变悲惨命运的强烈愿望，还涉及宗教与哲学。1913 年，泰戈尔被授予诺贝尔文学奖，成为首位获得这一奖项的亚洲人。

◇◇◇◇◇◇◇◇◇◇◇◇◇◇◇◇◇◇◇◇◇

诗人故事

小读者，你是家里唯一的孩子，还是有一两个兄弟姐妹呢？我出生在一个大家庭里，一共有十三位哥哥姐姐，你们怕是难以想象这么多孩子怎么一起生活吧。实际上，全家人都很宠爱我这个最小的孩子。我父亲是一名富有的商人，也是个社会活动家，从我很小的时候起，他就鼓励我学习东西方文化，希望我能成为知书达理的新式青年。

1878 年，我前往英国留学，学习英国文学与西方音乐。在英国生活时，我的英语水平有了很大的提升，后来我能把自己的作品翻译成英语，和那两年的留学经历有很大关系。1880 年，我回到印度，开始专门写作。我出版了几部抒情诗，还写剧本，题材大多是从印度经典文学里借鉴来的。但是我并不满足，为了写出能引起更多人共鸣的诗，我离开了城市去乡下生活。以前，我总是从贵族公子哥的角度来看待事物，但在乡下生活了一段时间后，我开始为穷困的人们发声，尤其是妇女——在印度，妇女受到方方面面的限制。我在很多小说与诗歌中描写了她们悲惨的生活，主张让她们拥有选择的自由。为了试验自己的教育理念，我还在桑蒂尼盖登创办了国际大学。

在印度殖民的英国人经常压迫百姓，甚至要分裂这个国家；我坚决反对英国人分裂我的祖国，于是加入了反对运动，还写下诗歌来支持。但我也认为，我们不是要过分地、暴力地去反对英国殖民者，而是要开学校、开工厂，通过发展来保护自己。这样温和的观点导致我失去了革命领袖们的支持，我感到非常失望，于是退出了那些政治活动，从此专心写作。

1924 年，我来到中国，我可是从小就一直向往到中国来旅行呢！我与许多中国的诗人、作家还有学生成了朋友，还做了好多场演讲。中国也曾受过英国的压迫，所以我的不少作品被翻译成中文后，很受中国读者的欢迎，这真是让人高兴呀！

飞鸟集（节选）

你微微地笑着，不同我说什么话，而我觉得，为了这个，我已等待得久了。

人在他的历史中表现不出他自己，他在历史中奋斗着露出头角。

使生如夏花之绚烂，死如秋叶之静美。

·郑振铎 译

知识卡片 《飞鸟集》中的泛爱主义

不同于泰戈尔的其他诗集，《飞鸟集》里收录的诗歌都非常短，一首往往不多于五行。这些小诗的描写对象多是自然界中不起眼的小事物，比如小草、花朵、星星，或者是一条河流。在泰戈尔的笔下，它们仿佛都有情感，既能去爱其他的事物，又能感受到爱，这就是泰戈尔通过《飞鸟集》表达的泛爱主义思想，也就是说，他认为整个世界中，一切都可以被爱，一切都是爱变成的。这种想法听起来有些天真，但其实与印度教中所说的“梵我一体”非常相似，那是一种相信人能与自然相互理解、融合的理论。这些小诗构成的《飞鸟集》影响了中国许多诗人的写作，比如冰心、宗白华都曾写过类似的短诗。有学者认为，泰戈尔是受到日本俳句的影响才创作出这些小诗的。

吉檀迦利（节选）

我旅行的时间很长，旅途也是很长的。

天刚破晓，我就驱车起行，穿遍广漠的世界，在许多星球之上，留下辙痕。

离你最近的地方，路途最远，最简单的音调，需要最艰苦的练习。

旅客要在每一个生人门口敲叩，才能敲到自己的家门，人要在外面到处漂流，最后才能走到最深的内殿。

我的眼睛向空阔处四望，最后才合上眼说："你原来在这里！"

这句问话和呼唤"呵，在哪儿呢？"融化在千股的泪泉里，和你保证的回答"我在这里！"的洪流，一同泛滥了全世界。

·冰心 译

知识卡片 这首诗中的"你"是谁？

这首诗出自泰戈尔抒情诗集《吉檀迦利》，在这本诗集中，泰戈尔经常以对话的方式来表达情感，比如在这首诗中，就有一句"你原来在这里！"这样的感叹。这其中的"你"，并不是指读这首诗的读者，而是指泰戈尔心中最尊崇的神明。这个神并没有名字，也没有具体的形象，而是无处不在的，泰戈尔所推崇的思想，比如爱护自然、体贴穷人，都可以归结为这个神的指引。

有学者认为，这个神的核心意象正是印度宗教中所说的"梵"，也就是"宇宙的最高真理"；而《吉檀迦利》表现出的，正是泰戈尔将自己的想法向"最高真理"不断靠拢的过程。这样看来，也许《吉檀迦利》中的一百多首诗不仅是为了抒情，也是泰戈尔心灵的"旅行日记"。

奈都：人们叫我“印度夜莺”

◇◇◇◇◇◇◇◇◇◇◇◇◇◇◇◇◇◇◇◇◇

奈都（1879—1949）

印度诗人、社会活动家。她主张印度社会改革，反对种姓隔离制度，积极参加由印度革命领袖甘地领导的民族独立运动。1925 年，她当选为印度一个党派的首位女性主席，并于 1947 年到 1948 年之间担任了一个省的省长，这对一名印度女性而言是很了不起的成就。除了政治成就以外，她在诗歌方面的成就也很高，代表作有诗集《金色的门槛》《时间之鸟》《折断了的翅膀》等。奈都的文字细腻而富有力量，她也因此被评论家们誉为“印度夜莺”。

◇◇◇◇◇◇◇◇◇◇◇◇◇◇◇◇◇◇◇◇◇

诗人故事

我叫萨洛吉妮，你们也可以叫我奈都。我出生在一个富裕的家庭，我爸爸是印度很有名的教育家，他办过一所学院，做了很多年的大学校长。在那时候，我们印度的家庭妇女基本上没有读过什么书，有的甚至连字都不认识，但我妈妈却很有文化，她会写诗歌，是个不折不扣的大才女。爸爸妈妈在学习上对我要求很高，在他们的熏陶下，我十一岁就开始学习写诗了。十三岁的时候，我完成了一项真正的“大工程”——我在六天里写出了一首长长的诗歌，有整整一千三百行，把爸爸都吓了一大跳。

不过，爸爸却不希望我成为诗人，而是想我做个科学家。他总是让我去听科学方面的课，还在我十六岁时把我送去英国念书，学习科学方面的知识。虽然我是印度人，但我在英国留学时并没有碰到什么语言上的困难，因为我从小就学习英语，而且在语言方面有很高的天赋——在家里，爸爸妈妈对我说印度语，我总是用英语回答他们，以此来起到反复练习的效果。在英国时，我用英语写了不少诗歌，并且拿给英国诗人朋友看。写的时候，我特意模仿那些英国大诗人的文风，想着这样肯定会受到欢迎。谁知朋友很严肃地说：“萨洛吉妮，我觉得你不该只想着模仿英国的诗，你为什么不用印度诗歌的韵律，写真正属于印度的诗歌呢？如果你能把自己祖国的特色写出来，我想大家会更喜欢的。”我听了很受触动，于是把自己以前写的诗歌全给烧了，从此专心写起了富有印度色彩的诗。

后来，由于身体的缘故，我提前回到了印度。留学生活深深地改变了我的思想，从自由开放的英国回来以后，我才意识到自己祖国的人民正受到如此多的束缚——人们受到殖民者的压迫，种姓之间的隔阂非常深，而且妇女的地位很低，穷苦的工人和农民是最可怜的人。于是，我积极地参加了甘地先生发起的民族独立运动，在各个地方发表演讲，号召人们站起来反抗贪婪的殖民者，我也因此被抓进监狱好几次。但是我又怎会屈服呢！只要我手里还握着笔，只要我的喉咙还能喊出口号，我就会为祖国的独立奋斗到底！

时间的鸟

时间的鸟呵，时间的鸟停在你结实累累的枝上你唱的都是什么歌曲呢？……

唱的是生命的光荣和喜悦，深沉的忧苦和热烈的斗争，和春天的引吭高歌的快乐；

那为未来岁月播种的希望，为梦想迟迟出现的晨光的信仰，那黄昏气息里芬芳的宁静，和人们叫做死亡的神秘的沉默。

呵，时间的鸟，告诉我你从哪里学来这些变幻的调子呢？……

在呼啸的森林和冲击的波浪，在新娘的喜笑声中，在新春的鸟巢里，

在因一个母亲的祈祷而震颤的黎明，在遮蔽一颗绝望的心的黑夜，在怜悯的叹息中，憎恨的呜咽里，和一个征服了命运的灵魂的骄傲里。

·冰心译

知识卡片 奈都征服的是什么样的命运呢？

在这首诗里，奈都问时间的鸟是从哪里学来的口中唱的调子，然后又自己回答了这个问题：它是从“征服了命运的灵魂的骄傲里”学来的。有学者认为，这句诗说的正是奈都自己，因为她不顾印度种姓制度的阻挠，大胆追求了自己想要的爱情。在印度，人们被分为四个种姓，由高到低分别是婆罗门、刹帝利、吠舍和首陀罗。人们只能与种姓相同的人结婚，如果谁不这样做，就会被人们指指点点。奈都的种姓是婆罗门，她原本的命运便是和同为婆罗门的富家子弟结婚。但是她爱上了出身低微的奈都先生——他的种姓是首陀罗，也就是最不受待见的那一个。按照那时的风俗，婆罗门是根本不能与首陀罗交往的。然而，勇敢的奈都并没有接受命运的束缚，她冲破了不同种姓之间不许通婚的禁令，与奈都先生结了婚，这在当时的印度可是很不容易的事情。

春日藏首老：我为遣唐使写诗

◇◇◇◇◇◇◇◇◇◇◇◇◇◇◇◇◇◇◇◇◇◇◇◇◇◇◇◇

春日藏首老（生卒年不详）

日本飞鸟时代至奈良时代的僧人，具体的生卒年份已经无法查证（飞鸟时代至奈良时代是593年到784年之间）。他留下的和歌主要收录在《万叶集》中，大约有十首。和歌是日本的一种诗歌，由中国古代的乐府诗发展而来，是完全用日语写的，与日本人用汉语写的汉诗相对应。《万叶集》是日本最古老的和歌总集，收录了四千五百多首和歌，既有高高在上的天皇、贵族写的，也有地位比较低的农民、僧人写的，是日本文学的重要作品。“弁基”是春日藏首老的笔名之一，《万叶集》中署名“弁基”的几首诗歌其实也是春日藏首老的作品。

◇◇◇◇◇◇◇◇◇◇◇◇◇◇◇◇◇◇◇◇◇◇◇◇◇◇◇◇

诗人故事

我的名字有点古怪，叫春日藏首老。“藏首”是我的姓，“春日”是我的氏，“老”这个单字才是我的名。你可能会问，姓和氏难道不一样吗？在我出生那时的日本，“姓”是整个家族共用的称号，和你们的“张王李赵”差不多，而“氏”则代表了辈分，也就是说家中和我同辈的人名字里都会有“春日”这两个字。

说实话，在那么多日本歌人里，我的名气绝对不算大——能和你们认识，其实还要从遣唐使说起。七世纪时，我们日本正处于飞鸟时代，你们中国则是在唐代。那时，中国在文化和政治方面的影响力特别大，日本天皇们都想向中国学上几招，于是遣唐使就这么诞生了。他们往往是天皇选拔出来的学者或者技术人才，会带上许多珍贵礼物，坐船去中国拜师学习。他们会在中国待上大约一年的时间，学习先进的文化和技术，再回到日本把知识传给更多的人。这样讲来，遣唐使和现在的留学生差不多。不过，他们可能是学者，也可能是匠人或者和尚，个个都是顶呱呱的人才。谁要是被选中成了遣唐使，那他家里人肯定是很自豪的，因为等他学成回来，十有八九能成为日本有名的人物，受到大家的追捧。但是，做遣唐使也并不是件完美的差事，因为海上的情况变化莫测，谁也不知道会发生什么，而且很长时间不能与家人朋友相见。

随着日本一次次派出遣唐使，一种叫“遣唐使歌”的和歌题材逐渐产生了。其中，有些是遣唐使们自己写的，他们描绘着对未来留学生活的想象，或者是抒发自己学成归来、报答天皇的志向。还有不少是由遣唐使的朋友写的，他们在和歌中祈祷遣唐使们千万要平安回来，因为路上的危险那么多，他们很可能再也见不到自己那既幸运，又不幸的朋友了。我便是那些祈祷者中的一个，如果你翻开《万叶集》这本书，就能看见我写的那几首遣唐使歌了。唉，我的朋友们可千万要平安归来啊！

三野连入唐时春日藏首老作歌

对马驶船过
为祈早日归故国
且向海神奉币帛

·郭尔雅 译

知 识 卡 片

为什么要将币帛献给海神呢？

在这首和歌中，春日藏首老描绘了这样的情景：遣唐使们在出发前向海神祷告，并且献出了币帛来表达诚意。在当时，从日本漂洋过海到中国是一件很危险的事情，当时的造船技术比较有限，地理学家们对季风规律的掌握也不够成熟，因此载着遣唐使的航船在半路上被大浪打翻、撞上礁石而断裂的意外是很有可能发生的。在出发前，遣唐使们便会向海神献上祭品，祈求自己一路平安。根据学者们的说法，那些作为祭品的币帛，可能并没有我们想象的那么值钱。虽然现在我们认为，币帛是指丝绸那样可以作为礼品的高级丝织品，但这里的币帛指的多是用麻纤维和树皮做成的白色布料，摸起来肯定又粗又硬。不过，在物质匮乏的时代，它在日本百姓的眼中已经是很金贵的祭品了，只有在赠送礼品或祭祀的时候才会舍得使用吧。

崔致远：我是朝鲜来的“留学生”

◇◇◇◇◇◇◇◇◇◇◇◇◇◇◇◇◇◇◇◇◇

崔致远（857—？）

字孤云，朝鲜新罗时期文学家。他汉语十分流利，曾经在中国唐朝做官。崔致远的《桂苑笔耕》集合了他在中国生活时写下的大部分作品，是当时朝鲜为数不多的汉文书籍，因而被朝鲜学者誉为“东国文学之祖”或“东方艺苑之本始”。他留下的诗歌以用汉文写的律诗与绝句为主，大多文辞华丽、技巧成熟，题材也很丰富，具有现实意义。崔致远的代表作有《檄黄巢书》《双女坟》等，被评论家誉为朝鲜汉文学的开山鼻祖。

◇◇◇◇◇◇◇◇◇◇◇◇◇◇◇◇◇◇◇◇◇

诗人故事

我是崔致远，出生在九世纪，那时你们中国还是唐朝，我们新罗人称之为“汉国”。我十二岁时，父亲便让我跟着商船来到了中国，学习汉语和中国的文化。在长安和洛阳生活学习了五年之后，我考中了“宾贡进士”，这是专为外国留学生设立的，由此可见我在汉语方面的天赋有多高了吧。

之后，我来到了一个叫溧水的地方当县尉，任职期间四处旅游，写下了不少诗歌和小说，也与一些中国诗人成了朋友。但是，县尉这个官职的工资并不算高，我除去生活开销以外还要买书，手头非常紧。为了生活，我辞去职务并去了扬州，投奔高骈先生，他是有名的大诗人，也是个大官，很受朝廷的重视。他欣赏我的才华，允许我在他手下做事。我也没有让他失望，写出了不少文辞优美的文书，渐渐在官员之中有了些名气。

但是并不是每个人都像高骈先生那样包容我。有些官员反对我的晋升，他们认为，我毕竟是个外国人，如果我的官位太高，岂不是喧宾夺主了吗？我听了那些传言，感到十分气愤，于是写下诗句表明自己心中的志向。高骈先生读了那些诗后，对我的才华和品行更加欣赏了，他不顾其他人的阻挠，坚持举荐任命我为都统巡官。作为一个只身漂泊在外的外国人，能得到这样的包容和照顾，我心中十分感激。

到了885年，我已经在中国生活十六年了。在这些年里，我其实也常会想起自己的家乡新罗。二十八岁时，我作为唐朝的使者，登上了归乡的航船，此后便再也没有回来。刚回到新罗时，国王很重视我，让我在宫廷中辅佐，帮他一同治理国家。我多次为国王出谋划策，职位不断升高，许多新罗贵族因此对我产生了不满，开始向国王说我的坏话。三年后，王位传到了国王的妹妹真圣女王手中，她只知自己享乐，对百姓的疾苦却毫不关心。渐渐地，我对政治完全丧失了信心，不愿再在朝廷里做官了。我离开王宫，选择了归隐，只留下诗歌还在人们口中流传。

江南女

江南荡风俗，养女娇且怜。
性冶耻针线，妆成调管弦，
所学非雅音，多被春风牵。
自谓芳华色，长占艳阳年。
却笑邻家女，终朝弄机杼，
机杼终劳身，罗衣不到妆。

知识卡片 为什么崔致远不喜欢江南女？

读完这首诗，你或许会有这样的感觉：崔致远似乎并不喜欢他笔下那些“娇且怜”的江南女子。的确，崔致远虽然在南方做官，但他对江南富家女子的风气却很看不惯。在当时的唐朝，社会贫富分化比较严重，也就是说，穷人们过得十分困难，而上流阶层的人们生活却奢侈得过分。作为一个正直的诗人，崔致远非常反感这样的现象，这首《江南女》便是在批评、嘲讽那些养尊处优、爱慕虚荣的富家女子。她们每天只注重妆饰打扮，演奏不正派的音乐来寻欢作乐，还认为学习针线活是一种耻辱，对“邻家女”这样的劳动人民不屑一顾，嘲笑她们无法享受自己的劳动成果。通过描写这些江南富家女骄奢无度的生活，崔致远揭露了当时穷人们辛苦劳动却得不到应有的回报，富人们像寄生虫一样，享受别人劳动成果的社会现象，有着很深切的现实意义。

纪贯之：我开创了日本文学的新写法

◇◇◇◇◇◇◇◇◇◇◇◇◇◇◇◇◇◇◇◇

纪贯之（872？—945）

日本平安时代前期的著名歌人。他在日本极受人尊敬，被称为“三十六歌仙”之一，也就是三十六位最有才华的和歌作家之一，还与柿本人麿、藤原定家这两位作家并称为“诗圣”。他写过一部《古今集序》，被认为是日本最早的诗论，讨论了和歌的本质，受到很多关注。他还是《古今和歌集》的主要编者之一，这套书共有二十卷，收录了一千多首和歌，是日本文学史上非常重要的一部作品。《土佐日记》是纪贯之最重要的代表作之一，是他用假名写的，那时日本男子都用汉文来写作，因此他被后世认为是平假文日记这种散文的先驱。

◇◇◇◇◇◇◇◇◇◇◇◇◇◇◇◇◇◇◇◇

诗人故事

亲爱的小读者，你有没有写日记的习惯呢？我是日本的歌人纪贯之，今天能与你们认识，也有我的一本日记的功劳。

我从小就展现出了文学方面的天赋，写了不少和歌，渐渐有了些名气。凭借写作上的才华，我得到了一份官职，主要负责修书和编书。生活就这样平淡地继续着，直到有一天，天皇下达的一道命令彻底改变了我的人生——我被指定为一部书的编者，而那部书正是后来鼎鼎有名的《古今和歌集》。它是日本的第一部敕选集，也就是天皇亲自下命令编纂的书。我与其他几位编者一起埋头苦干了很长一段时间，努力收集日本从古到今那些最重要、最精华的和歌，而且还根据类型和题材将收录的和歌进行了分类。这种编书的方法非常巧妙，后来日本许多编者使用的都是我们开创的这种编法呢！

后来，我又陆陆续续写了不少和歌，还有一些评论和歌的文章，大家都很喜欢读。931年，天皇派我前往南海道的土佐国，做那里的地方长官。终于得到器重的我对这个机会很是看重，立刻就举家搬去了那里。转眼间三年便过去了，我的任职期已满，到了该回到京都的时候。可是，就在出发回程前，我的小女儿突然患病离世了。这对我来说，是一个沉重的打击！在回程的路上，我没有一天不思念女儿、不为她感到悲伤难过。后来，我写下了《土佐日记》，这本日记里记录了自己在回京城的路上看见的景色，还有旅途中发生的事情。现在再读这本日记，仿佛字里行间都还有小女儿的影子——那悲伤、苦闷的情绪，全都融在我记录的景色里头了。

在当时，日本的男人们其实基本是用汉文来写作的，至于假名文字，则是女人们用得比较多。我写的这本日记，全篇都使用了假名，还借用了女性的口吻。写的时候，我还用了不少俗语，可以算是开创了散文的新写法。有些人认为我是这一方面的先驱，大概就是因为这个缘故吧。

立春歌

浸袖水成冰
今日立春迎东风
风吹冰可融

·王向远 译

知识卡片 什么是季语?

读这首和歌，我们一下就能看出它描述的是哪个季节，因为句子里明明白白地写着“立春”这样点出季节的词语，这种清楚地指示出季节的词并不是纪贯之独有的小巧思，而是日本古典文学的一大特点，被称为“季语”。季语不一定是直接含有“春夏秋冬”四个字的词，也可以是带有明显的季节特征的词语，比如“莲”是指代夏天的季语，而“燕”是指代春天的季语。许多歌人会在和歌里使用季语，并且使用季语也成了创作俳句的规定，只有包含了季语的俳句才被人们公认为是正统、合格的俳句。虽然后来也出现了“无季俳句”，取消了对季语的要求，但这类俳句并没有成为主流。因此，当日本诗人写和歌与俳句的时候，还是得动脑筋想出精练又清晰的季语才行呢。

尹善道：我是朝鲜的“时调大家”

◇◇◇◇◇◇◇◇◇◇◇◇◇◇◇◇◇◇◇◇◇◇◇◇◇◇◇

尹善道（1587—1671）

字约如，号孤山、海翁，死后追谥为忠宪，朝鲜李朝时期诗人。在政治上，他曾经担任过户曹佐郎、汉城庶尹等官职，是朝鲜王朝南人党（也就是支持李退溪这个大臣的一派官员）的成员之一。在文学上，他写过不少汉语诗歌，尤其擅长歌颂自然景色，被认为是朝鲜山水田园文学的集大成者。尹善道被朝鲜人称为“时调大家”，时调也就是能被唱出来的三行诗，其在朝鲜的地位与律诗和绝句在中国的地位差不多。尹善道留下的代表作有《渔父四时词》《山中新曲》等，对朝鲜诗歌的发展产生了很大影响。

◇◇◇◇◇◇◇◇◇◇◇◇◇◇◇◇◇◇◇◇◇◇◇◇◇◇◇

诗人故事

我叫尹善道，出生于“两班”，也就是做官的贵族之家。如果你初读我写的诗歌，肯定会觉得我是个做什么事都顺风顺水的幸运公子哥，整天游山玩水、寻欢作乐，心思单纯，仿佛不知世事似的。但事实上，我的人生经历非常坎坷——光是流放，我就经历了三次之多，至于被人陷害的次数，几乎是数也数不清啦。

刚进入政坛时，我只是个二十来岁的小伙子，对任何不公平的现象都十分气愤，那些胡作非为的官员在我眼中更是像仇敌一般。成均馆儒生当了没多久，我就在朝廷上仗义执言，要求赶走朝中一个胡作非为的大臣。那大臣位高权重，立刻就对我进行了报复——我被流放到了边境，在凄凉中度过了整整七年。

后来，新的朝鲜王上位，他了解事情经过后，认为我受了冤枉，不仅为我平反，还赏赐给我一个官职。但当了没多久，我就决定辞官，回到家乡念书。几年后，我在科举考试中以初试第一名的成绩考中官职，成为世子的老师，之后几年里升迁了几回，但后来被嫉妒我的人陷害又遭到降职。

1636年，朝鲜遭到后金的入侵，我得知消息后立刻率领几百名弟子驾船去往前线保卫国家。但在途中，有人来告诉我，软弱的国王已经和后金签订了和约！我气得改变了航向，想去济州岛休息一段时间，却无意中发现了甫吉岛这个美丽的地方。那里的景色我很是喜欢，于是在甫吉岛上住下，还修建了一座书斋。几年后，国王以我“战后没有去朝见他”为由，再次把我流放到了荒凉的地方。

这次流放的时间并不长，我很快又回到朝中，担任不大不小的官职。在朝鲜王宫里，由于各人支持的权臣不同，官员们分成了两个主要的党派，分别是南人党与西人党，我便是南人党的一员。在一次是否要废除书院的争执中，我与西人党的成员产生了激烈的冲突，因此遭到弹劾，再次被流放。

这次流放，我八十岁时才得到赦免。你看，我的一生好像总是起起伏伏，不断地被陷害与流放，大约只有走进山林，为那美丽的自然光景吟唱时，苦闷的心绪才会淡去一些吧。

五友歌

我友几？水石与松竹。
东山升明月，更使我愉悦。
除此五友伴我身，更有谁？

明空五彩云，无奈乌云扰。
清风悦耳声，无奈风时恼。
岁月永消乐不疲，唯有潺潺清泉水。

花红娇艳复凋谢。
草翠滴青又枯萎。
盖世永恒不变者，唯有山崖层层石。

花暖蕾吐蕊，树寒叶飘零。
独尔青松，不惧霜雪与冰凌。
根深九泉盘根错，知尔劲！

非木亦非草，翠叶青枝空心腹。
挺直不为人所折，胸中虚若谷。
四时青青依如故，令我慕。

月小升穹苍，圆蟾俯映万物光。
黑夜茫茫独尔明。
缄口静察人间事，吾密友。

知识卡片

从哪里能看出尹善道是位“汉语达人”？

从文体来看，这首诗是朝鲜特有的时调，也就是于14世纪高丽王朝末期兴起的一种诗歌形式。在《五友歌》的最后一段，尹善道将月亮称为自己的第五位密友，它在茫茫黑夜里独自放光明。尹善道这样写道，“圆蟾俯映万物光”，从“圆蟾”两个字可以看出，尹善道是位不折不扣的“汉语达人”，因为将月亮比作圆蟾，在当时是汉语诗歌里独有的写法。

“圆蟾”这个词，最早出现在唐代诗人张碧写的《美人梳头》中：“玉容惊觉浓睡醒，圆蟾挂出妆台表。”他之所以这样写，可能是因为古代神话里说月宫中住着蟾蜍，也可能是古人觉得月亮看上去有一块蟾蜍一样的形状。

水石松竹月都是中国传统文化中的意象，而且都是永恒不变的，有研究者认为这和儒学中气节的思想很相像。尹善道作为朝鲜人，能熟练地运用这么多具有中国古典特色的意象，可以说是位合格的汉语达人了。

松尾芭蕉：我被称为“俳圣”

◇◇◇◇◇◇◇◇◇◇◇◇◇◇◇◇◇◇◇◇◇

松尾芭蕉（1644—1694）

日本江户时代诗人，本名宗房，1682年开始以“芭蕉”为写作俳句时的笔名。芭蕉在作俳句的同时还参禅，所以，他的俳句虽然大多描写日常生活里的平凡事物，却蕴含着耐人寻味的禅宗哲理，后人把他的独特风格称为“蕉风”。芭蕉和其学生的作品最后被收录在《俳谐七部集》中。他的俳句创作使俳句从一种娱乐游戏发展为文学艺术，为后来的俳句创作树立了不可逾越的典范，被后人尊为“俳圣”。

◇◇◇◇◇◇◇◇◇◇◇◇◇◇◇◇◇◇◇◇◇

诗人故事

我是松尾芭蕉，生活在江户时代的日本，父亲是下级武士。我小时候在我们这里的藩主家做侍童，主要任务是当藩主儿子藤堂良忠的伴读。他只比我大两岁，和当时有名的贞门派诗人北村季吟学习俳句，我就跟着学习写俳句，没想到，这竟然发展成了我人生最重要的事业，而没有像爸爸一样继续做武士。你们能认识我，也是因为我在文学方面的创作吧。

少主人良忠逝世后，我离开家乡前往京都，真正来到北村季吟先生的门下，学习俳句和古典文学。六年后，我离开京都前往江户，当时生活很艰苦，我便边做杂事边研究俳句。后来日子有所好转，我也开始招收学生，专心于教书和文学创作。在朋友和学生的帮助下，我修建了自己的草庵，在那里潜心写作。有人送了我一株芭蕉树，我把它种在屋外，芭蕉树一天天长大，我很喜欢，就把“芭蕉”作为自己的俳号，也就是笔名。对了，在这之前，我还有一个叫“桃青”的俳号，是因为我很欣赏你们的唐代大诗人李白，就与他的名字相呼应，为自己取了这样的别号。用你们现在的话说，我正是李白的迷弟呢。那时候日本有两大俳句门派：一个是我所投身的贞门派，注重传统的创作规则；另一个是谈林派，比较轻松诙谐、不拘形式。而我会注意吸收两家的特长，融入到自己的创作中来，希望可以达到雅俗共赏的效果。

除了写俳句，我还在学习禅理。但是呢，我不喜欢整天把自己闷在屋子里思考人生和宇宙的奥秘；相反，我认为大自然美妙的万事万物中也蕴藏着许多等待我去体悟的道理，所以后来，我经常在日本的各个地方云游，前后一共有三次比较大型的旅行经历。在旅途中，我把自己的所见、所思都写在俳句和纪行散文里。我们当时出游可不像你们现在有那么多便利的交通工具，大多数时候只能靠着双腿在路上跋涉，很是辛苦。但尽管如此，我还是一边感叹着艰辛，一边继续前往新的目的地。后来有人叫我“俳谐旅人”，我觉得很符合我的写作和生活方式。

蝉声

闲寂呀！
渗入岩石中的
蝉声

·王向远 译

知识卡片　用蝉声怎么表达寂静？

芭蕉从旅途中的孤寂感受中品悟美，美感把孤寂变为闲寂，他的“蕉风”俳句，就体现了“闲寂之美”。这首《蝉声》，不仅体现了这种闲寂之美，还体现出芭蕉俳句中所特有的浓浓禅意。在这首俳句中，蝉声代表动的一方，而岩石是静的一方，两者渗透在一起，得到的是更深层次的宁静。这样以动写静，在动和静的对比中体现出禅理，令人觉得韵味无穷。

说到俳句，不得不提它与和歌之间的关系。在多人吟咏和歌的娱乐游戏中，产生了许多首和歌连接起来的“长连歌”，后来，有诗人把其中的第一句单独拿出来，成为一种独立的诗歌形式——俳句。这样说来，和歌与俳句其实有着“父子关系”呢！

小林一茶：我写的俳句很幽默

◇◇◇◇◇◇◇◇◇◇◇◇◇◇◇◇◇◇◇◇◇◇◇◇◇

小林一茶（1763—1827）

日本江户时代诗人，本名弥太郎，号俳谐寺一茶。他是一个勤奋的创作者，写过几万首作品，光是现存的俳句就有两万多首。小林一茶的俳句大多描写江户时代丑恶的社会现象和老百姓的悲苦生活，表现出对弱者的同情与对强者的反抗，他也因此被称为“生活派俳人”。他的诗歌带有一种质朴而天真的气质，往往有点诙谐幽默的味道，所以人们也常说他是俳谐诗人；俳谐可以理解为诙谐幽默的俳句。他的代表作有俳谐集《一茶发句集》和随笔俳句集《我春》。

◇◇◇◇◇◇◇◇◇◇◇◇◇◇◇◇◇◇◇◇◇◇◇◇◇

诗人故事

我叫小林一茶，是日本江户时代的俳人，也就是写俳句的诗人。我三岁时，母亲就去世了，祖母抚养我长大。村子里的其他孩子经常嘲笑我、欺辱我，除了默默忍受，我也没有别的法子。

我八岁时，父亲娶了继母回家，我以为自己终于有母亲爱护了，心里挺高兴的。但谁知两年后，继母的儿子出生了，我一下子待遇大不如前了——继母只疼爱自己的小孩，根本不想用心照顾我，反而支使我去干农活。每天，我耕了地后又去割草，割完草回来已经很晚了，但还是得编草鞋来补贴家用，一整天下来，根本没有什么学习的时间。终于，父亲不忍心再看我受到继母的折磨，让我去江户自谋生路。我在农村里出生长大，对大城市江户一无所知，但为了逃离继母，还是独自离开了家乡。在江户，我遇见了自己一生中最重要的老师，二六庵竹阿。我跟随他学习了不少写俳句的技巧，很快就摸着了门道，并且开始发表作品。我写的俳句大多与自然环境和人情世故有关，还经常回忆自己童年时的经历，但并不哭哭啼啼地抱怨，而是用一种轻松幽默的语气把心里的痛苦讲出来。

在外头漂泊了十几年后，家乡传来了我父亲病重的消息。虽然我对家乡的印象不算太好，但还是急忙赶回了父亲病榻前，送他走完了最后一程。根据他的遗嘱，财产应当由我和弟弟平分，但强势的继母坚决不肯把属于我的那一份交出来。我只能再次回到江户，过着孤独的生活。

直到我五十岁时，继母才肯与我和解，我也就回到家乡，娶了妻子，想真正安定下来。但命运似乎打定主意要让我一直坎坷下去——我的四个孩子先后夭折，结婚八年后，妻子也离开了人世。我娶了第二个妻子，但她嫌弃我又老又穷，几个月后便抛弃了我。

现在我已经很老了，父亲留给我的屋子，也在一场火灾中被烧毁了。我的容身之地只剩一座土藏，也就是仓库。不过，只要我保持乐观的心态，多想想有趣的事情，日子也就没那么难熬啦！

俳句两首

虱子呵，放在和我的味道一样的石榴上爬着。

瘦蛤蟆，不要败退，
一茶在这里！

·周作人 译

知识卡片

小虫子和癞蛤蟆，都是一茶的好朋友

小林一茶其实是从二十九岁开始才叫这个名字的，他原本叫弥太郎，在做僧人时改为了一茶，取“观人生如一杯茶”意。有学者总结，一茶的诗有四大特点，第一是孩子气，第二是同情心，第三是诙谐，第四是生活化。其中，第三点对日本现代俳句产生了很大的影响。从这两首俳句里，我们可以很明显地感觉到这些特点。

在一般人的印象中，虱子和癞蛤蟆往往是肮脏丑陋的，绝对算不上可爱，但是在小林一茶笔下，它们仿佛都有了性格，是一茶的好朋友。小林一茶有好几首著名的俳句是由大作家周作人翻译成中文的，他曾经这样评价小林一茶：“他将木炭等类都当人看，其余跳蚤蚱蜢等小虫，也当真的认作自己的朋友，咏到诗里去。”这样看来，难怪他会专门写一首俳句来给一只瘦蛤蟆撑腰了。而且，小林一茶还尤其钟爱虱子这样的小害虫，在他的俳句集里出现过好多和虱子、跳蚤有关的作品，语气一点也不嫌恶，反而是跟它们一起嬉笑玩乐似的，有一种“化丑为美”的情趣在里面。看来，只要观察得够仔细，就连小虫子这样微小的事物也可以写成诗。在小林一茶的一生里，苦难似乎总比欢乐要多，但他乐观天真的心性却一直没有被磨灭，这是很可贵的呀。

与谢野晶子：我开创了日本“明星派”

◇◇◇◇◇◇◇◇◇◇◇◇◇◇◇◇◇◇◇◇

与谢野晶子（1878—1942）

日本诗人、教育家，原姓凤，用过凤小舟、凤晶子等笔名。她主张男女平等，写过不少主张妇女解放的评论，还创立过一所提倡自由主义艺术教育的学院。

作为诗人，与谢野晶子对和歌的近代化发展很有贡献。传统的和歌情感较为内敛，与谢野晶子的诗歌则不同，她常在诗中直白地抒发爱意或心情，逐渐形成了新的近代抒情诗体。她早期出版的诗集《乱发》热情而大胆，开创了日本近代浪漫主义诗歌的先河。1904年，她发表了一首名为《你不能死去！》的反战诗歌，揭露了战争带给人民的痛楚，引起了很大反响。她留下的其他代表作有和歌集《舞姬》《小扇》等。

◇◇◇◇◇◇◇◇◇◇◇◇◇◇◇◇◇◇◇◇

诗人故事

你喜欢吃糕点吗？如果喜欢，那你肯定会特别羡慕我。我爸爸是日本一家百年糕点铺的老板，我随时都能吃个够！我的童年有各种各样的“兴趣班”，弹琴、跳舞、插花和茶道，这些都是富家淑女的标准配置。不过，我的性格可一点儿都不淑女，家里人经常皱着眉头说：“凤晶这丫头，真叫人不省心啊。”

高中毕业后，我开始帮着家里打点生意，不过一有闲工夫就扎进书堆里，读了好多日本的古典文学。我最喜欢的要数《源氏物语》《落洼物语》等平安时代的作品了，那些忧伤而华丽的文字，让我如醉如痴。后来，我还把《源氏物语》翻译成了现代日语，让更多的年轻人能轻松读懂这本书。

没过几年，我的名字就不再叫“凤晶”，而是改为了“与谢野晶子”，因为我做了一件最最离经叛道的事情：抛弃当时的男友，和一位名叫与谢野铁干的诗人在一起了，不顾他已有家室。我不听父母的劝告，跑去与谢野铁干所在的京都，和他结了婚一起生活。受到丈夫的影响，我写诗时开始更自由地表达情感，经常在诗歌里大胆地歌颂浪漫、爱情和艺术，这在当时是很少见的——人们还是更习惯于传统的题材，还有些人觉得女诗人根本不该那样主动、大胆。面对那些质疑，我一点也没有害怕，反而还和丈夫一起创办了一个杂志，叫《明星》，专门发表浪漫主义的诗歌，慢慢地聚集起了一群有才华又有趣味的诗人。文学评论家们把我们这群人叫作“明星派”，听起来还真有点诗坛大明星的意思呢！后来，我和丈夫一起去欧洲游学，读了不少西方的诗歌。在西方文学的影响下，我也开始写些歌颂自然风光的诗，而且更频繁地发表文章，批评社会上一些不好的风气。我的名气渐渐大起来，甚至有人说我算得上是日本最有名的女作家之一，真是让人不好意思。

其实，我的生活也不完全是围绕着文学、充满了浪漫的。我有十一个孩子，抚养他们是一笔很大的开销。以文学为生当然是一件很快乐的事情，但要靠写作来养活一大家子人，总归是比较辛苦的。不过，一想到我写的诗歌或许能鼓励更多年轻人勇敢地追求爱情、抛开偏见，我想我的坚持便是值得的！

那样浓艳的紫

那样浓艳的紫
是虹啊
你说
我春日恋人的细眉
映上了酒杯

• 郭尔雅 译

知识卡片 想写几个字，就写几个字！

在二十世纪初期的日本，诗歌创作其实还是以和歌为主，很少有新体诗的出现。我们读到的那一时期的日本短诗，大多都是短歌，也就是比较短的和歌。和歌当然是一种很好的体裁，但其缺点也是显而易见的，那就是格律上的要求太过死板了。一首合格的短歌，只能有三十一个音节，就像我们中国的七言绝句那样，字数受到严格的限制。不过，与谢野晶子的这首小诗可不是短歌，而是语体诗，或者说是白话诗。它完全不遵循和歌的那些规矩，想写什么题材就写什么题材，想写几个字，就写几个字。与谢野晶子是日本近现代语体诗最主要的推动者之一，她写下了很多这样的短诗，鼓励当时的日本歌人们突破格律的限制，自由自在地创作。

宫泽贤治：除了写诗，我也教人种地

◇◇◇◇◇◇◇◇◇◇◇◇◇◇◇◇◇◇◇◇

宫泽贤治（1896—1933）

日本著名诗人、童话作家、社会活动家，也是一名虔诚的佛教徒。由于染上了肺病，他年仅三十七岁便去世了，生前没有什么名气。作为曾经的诗坛"异类"，宫泽贤治是日本昭和时代影响力最大的诗人之一，在"一千年来最受欢迎的日本文学家"评选中，他被选为第四位。他的诗集《春与修罗》开宇宙诗风之先河，代表了日本早期现代诗歌的成就，影响了后来许多日本诗人。他写的童话也很有影响力，比如《银河铁道之夜》曾被改编成了极受欢迎的同名动画，甚至影响了大导演宫崎骏执导的《千与千寻》。

◇◇◇◇◇◇◇◇◇◇◇◇◇◇◇◇◇◇◇◇

诗人故事

亲爱的小朋友，你的家乡是冬天更长，还是夏天更长呢？我的家乡在日本的东北地区，冬天长得没完没了。这里土地贫瘠，又常年受暴风雨、冷冻等天灾的影响，农民的生活很是艰难。我的一生，和农民与庄稼有着很多联系。

都忘了自我介绍了，我叫宫泽贤治，出生在一个商人之家。作为家里的长子，我应该继承父业，做个生意人。不过，我没去做生意，倒是花了很多时间在农事上。我从小时候起就对农民非常同情，想帮他们过上好日子。从高等学校毕业以后，我没有回家，而是跑去了农村做老师。我和大家一起下地种田，还办了一个讲习所，把自己学到的知识教给农民，鼓励他们使用科学的方法种田，这样庄稼的产量会提高。我一点也不娇气，什么农活都亲自干，农民们谁都想不到我会是个富商的儿子。

这样半是教书、半是种地的日子过了几年后，我干脆辞去了教师的工作，一心一意做起了农民。作为家里的长子，放着赚钱的生意不做却去种田，这在那时候是很不被理解的。所以呀，我得到的理解实在是少得可怜。人们除了不接受我的生活方式以外，也并不认可我写的童话与诗歌。我写得很勤快，几乎是几天就写出一篇童话来，有时一天能写下好几首诗，但杂志与报纸都不愿意发表我的作品。不过，我并没有灰心，而是想着：也许只是那些杂志的编辑们不喜欢我的文风，要是能出版一本童话集，让更多的人看到我的作品，说不定就能找到欣赏我的知音了。于是，我自己花钱印刷了一部集子，书名叫《花样翻新的饭店》，并送进书店里卖。唉，结果大概你也能猜得到，根本没有几个人愿意买。他们随手拿起来翻了翻，摇摇头说："这写的是什么？好像看不太懂呢。"我对知音的期盼就这样落空了。

天气很冷，我又把自己折腾得很累——怎能不累呢，我白天下地种田，晚上帮助农民们学知识、学外语，忙活完了回到家里，又立马拿起纸笔，把脑海里蹦出来的新点子写成诗歌或者童话……这几天忙得都生病了，肺特别不舒服，老是咳嗽。唉，希望过几天就能好起来吧。咳咳咳，咳咳咳咳咳……

春与修罗

从心象的灰色钢网
伸出通草的藤蔓 攀绕云间
野蔷薇丛簇而生 腐植铺满湿地
尽是一片片天堂景象
（当琥珀的碎屑纷纷洒落
那嘈杂 更胜正午的管乐）

愤怒的苦涩与苍白
在四月气层的光底里
萦绕 回环不绝
伴着唾弃 伴着咬牙切齿的恨意
因为啊 我是一个修罗
（风景在泪水里摇晃）
碎云遮挡了视线
在澄澈的天海
玻璃般剔透的风 来回穿行

松柏 是春的列队
若从它那沉郁的步履
啜吸黑暗 啜吸光亮
那大山的雪峰 定然也能熠熠生辉
（春光如微焰般波荡 晕出白色的光芒）

失却真实的诺言
浮云碎裂 在天空四散
于绚烂的四月的尽头
烈烈燃烧着 回荡
我就是一个修罗啊
（玉髓般的云朵飘动
春天的鸟儿 在何处啼鸣）

当日轮散发出惨惨光晕
修罗震响了树林 音声袅袅
从塌陷的眩目的天穹
黑色的树林 蔓延
枝叶蓊蓊郁郁

经过所有二重的风景
从垂头丧气的森林的枝梢
乌鸦 忽而跃入空中
（当侧柏悄然耸入云天
空气愈加澄明 万里朗然）

那踏着草地的金辉踱来的人
那一派安然的人啊
那身披蓑衣注视着我的农夫
他真的 看见了我吗
从海底升腾起耀眼的气旋
（悲伤青郁而幽深）

松柏 安静地摆动着
有鸟飞过 划破碧蓝的天
（这里没有真实的语言
修罗的泪 砸落土地）

当我重新向着天空叹息
收缩灰白的肺叶
（这身体 化作天空的微尘 飘散）
银杏的枝叶 重又闪耀起光华
松柏 愈加苍郁 如墨
云的火花散落 纷纷扬扬

·郭尔雅 译

知 识 卡 片 修罗是什么？

“修罗”在这首诗里出现了好几次，这个名字听起来怪耳熟的，它究竟是什么意思呢？其实，修罗是阿修罗的略称，简单说来，阿修罗是佛教里的神之一，往往是人修炼而成的。他们力气特别大，而且脾气暴躁，要是有谁惹了一位阿修罗，他立马就会冲上去和人争斗。而且阿修罗骁勇善战，即便是与法力极高的天神作战也丝毫不落下风，他们作战的地方被称为“修罗场”；我们平时用来形容惨酷的场合时所说的修罗场这个词，就是这么来的。阿修罗虽然具有神的强大力量，但却保留了人的七情六欲，是有情感、有思想的。宫泽贤治信奉佛教，所以他会在诗歌里使用“阿修罗”这样的意象，如果不是了解一点佛教的人，很难一下就读懂，这或许也是人们觉得他写的诗晦涩难懂的原因之一吧。

金子美铃：我是日本“童谣诗的彗星”

◇◇◇◇◇◇◇◇◇◇◇◇◇◇◇◇◇◇◇◇◇

金子美铃（1903—1930）

日本著名童谣诗人，本名金子照。日本童谣兴起于二十世纪初，最早是在儿童文学杂志中流行开的，是新诗的一种。金子美铃一生创作了五百多首童谣，她虽然不常使用华丽的辞藻，却总是能以独特的视角发现平凡事物中的美好。她生前并没有得到文学界的广泛关注，直到二十世纪六十年代，研究儿童文学的日本学者矢崎节夫读到了金子美铃的作品，并被深深打动，于是开始寻找、整理并出版她的诗作，世界才逐渐认识了这位了不起的女诗人。她的五百多首诗作被收录于《金子美铃童谣全集》中，其中有名的代表作有《向着明亮的地方》《全都喜欢》等等。

◇◇◇◇◇◇◇◇◇◇◇◇◇◇◇◇◇◇◇◇◇

诗人故事

你小时候，家里人有没有为你读过童谣呀？童谣，是专门为小朋友们写的短诗，语言比其他诗歌要简单得多，年纪很小的孩子也能读得懂。我是专门写童谣的日本诗人。日本的童谣，就是在我十五六岁时迅速发展起来的。

1918 年，作家铃木八重吉提出了一个观点：诗人应该为孩子们创作具有艺术价值的童话和童谣，来鼓励他们。创作者们纷纷响应他的号召，随后，许多专门发表童谣的杂志就诞生了。我当时还在店铺里打工，经常读这些杂志，看得心里痒痒的，也想尝试一下。于是，我写了几首童谣，附上“金子美铃”的笔名寄给了杂志社。“美铃”是日本和歌中修饰信浓国的枕词，我觉得它发音优美，心里非常喜欢，就把它放在自己的姓氏“金子”后面，合成了金子美铃这个笔名。让我没有想到的是，竟有四本杂志采用了我的投稿。我写的童谣主题大多是自然界中常见的事物，语气天真可爱，读起来也朗朗上口，所以编辑们都很欣赏我。其中，对我来说最重要的是一位叫西条八十的杂志编者，他帮我在他编的杂志上发表了好几首诗歌，还夸我是“童谣诗的彗星”。后来，他离开日本去法国留学，我也就不再向杂志投稿，只是默默地写诗，同时学习西方诗人的作品。

1926 年，西条八十回到了日本，我又开始向他主编的《童话》杂志寄去诗稿。小读者们在杂志上看到我的名字，还高兴地写来好多封信，庆祝我的回归。只可惜，《童话》没过多久就停刊了。

不久后，我听从母亲的话，与一个书店店员结了婚，生下一个可爱的女儿。说实话，我并不多么爱自己的丈夫，但还是听从母亲的教导，对他言听计从。谁知，他渐渐露出了自己不讲道理、爱耍无赖的真面目，竟然禁止我再写诗。这是我万万不能忍受的，于是，我提出了离婚，准备带着女儿一起生活。唉，但现在看来，女儿很可能要被我前夫夺走了，因为法庭把孩子判给了他。我现在既没有了作诗的心情，又随时可能失去女儿，这样的日子，未免太难熬啦……

向着明亮的地方

向着明亮
向着明亮的地方
哪怕是一片叶
也要伸向日光洒落的彼方
那灌木荫里的小草啊

向着明亮
向着明亮的地方
纵然是烧焦了翅膀
也要扑向灯火荧荧的彼方
那暗夜里的飞虫呵

向着明亮
向着明亮的地方
即便是方寸之地
也向往着阳光照射的彼方
那蜷居都市的孩子们哟

·郭尔雅 译

知 识 卡 片

以善为美，万物有灵

金子美铃写的童谣，几乎总带有一种孩子般的眼光，也就是把自己放在小朋友的视角去看生活中的事物。有评论家曾这样认为："金子美铃作品的最大特点，就是以善为美。"你读这首《向着明亮的地方》就可以感觉到，她在传达一种向上的力量，比如当她看到灌木丛中的小草时，会由衷感叹它们顽强的生命力。而且，她笔下的植物与动物好像都有着自己的意志与精神——小虫子扑向灯光是一种动物本能，但在金子美铃眼里，这却是小虫们自己选择的结果。金子美铃从小生活在一个靠近海的小村庄里，那里有着得天独厚的自然条件，环境特别美，就连小鲸鱼的声音都能时常听到。在这样的环境中长大，难怪她这么善于观察生活中细微的事物，而且相信动物与植物都有着自己的意志呢。